BATALLA POR EL BOTÍN

Papel certificado por el Forest Stewardship Council®

FSC
www.fsc.org
MIXTO
Papel procedente de fuentes responsables
FSC® C117695

Título original: *Trapped in Battle Royale. Book Two. Battle for Loot Lake*
Primera edición: febrero de 2019

Printed in Spain – Impreso en España

ISBN: 978-84-204-5267-8
Depósito legal: B-411-2019

Maquetación: Javier Barbado
Impreso en Gómez Aparicio, S. L.
Casarrubuelos (Madrid)

AL 5 2 6 7 8

Penguin
Random House
Grupo Editorial

DEVIN HUNTER

BATALLA POR EL BOTÍN

ATRAPADOS EN BATTLE ROYALE
LIBRO 2

TRADUCCIÓN DE MARIOLA CORTÉS-CROS

ALFAGUARA

CAPÍTULO UNO

Grey odió que su escuadrón eligiese Pueblo Tomate como punto de partida. Y no porque fuese un sitio pésimo, o porque siempre existiera la posibilidad de que murieran en cuanto apareciese el montón de jugadores que también iba allí. Fue por la pizzería. Le hizo añorar su hogar. Y la pizza. Bueno, y la comida en general.

Habían pasado tres semanas desde que a Grey lo habían arrastrado a esta versión de realidad virtual de *Fortnite Battle Royale*. Y tenía morriña. Mucha más de la que había sentido en su vida.

No se lo había contado a nadie porque no le pareció justo quejarse cuando dos de sus compañeros de escuadrón, Ben y Tristan, llevaban atrapados allí casi un año. Pero cuando el escuadrón de Grey fortificó su posición en la pizzería, deseó que le empezaran a rugir las tripas. Quería tener hambre para así poder comer. Qué raro era no tener un cuerpo de verdad para poder hacer esas cosas. Porque su mente sí que seguía queriéndolas hacer. Pero más que echar de menos su cuerpo, echaba de menos a su familia y amigos. Echaba de menos ser una «persona».

Cada vez tenía más la sensación de ser meramente un personaje de videojuego.

Grey recibió un disparo en el hombro y su escudo estuvo a punto de desaparecer.

—¡Céntrate, Grey! —le gritó Kiri.

—¡Perdón! —Intentó sacudirse de encima la nostalgia—. ¡Este lugar siempre me hace añorar la pizza!

Ben refunfuñó.

—Lo que yo haría por un trozo de pizza… con extra de queso, pepperoni y aceitunas.

—¡Tú también no! —dijo Tristan mientras ponía una trampa en la pared.

—¿Cómo es posible que no eches de menos la pizza? —preguntó Ben.

Tristan se encogió de hombros.

—Yo lo que echo de menos es el escalope al estilo de Viena de mi madre. La pizza es tan… americana. Pero sí que extraño la comida alemana.

—La pizza es internacional —dijo Kiri—. En Nueva Zelanda nos encanta. A ti lo que te pasa es que eres un raro.

Grey se rio.

—Aunque no me importaría tomarme una rebanada del pan maorí recién hecho de mi tía Ripeka —suspiró Kiri.

—Ni idea de qué es eso, pero si es pan seguro que me gusta —dijo Ben.

Lo más seguro era que estuviesen condenados a que los eliminaran enseguida, al estar allí escondidos, pero por lo menos su escuadrón se llevaba bien.

Y habían mejorado.

Dependiendo del día, el escuadrón de Grey se solía quedar entre los puestos cincuenta y cuarenta. Hubo un día que hasta quedaron entre los treinta mejores. Incluso en aquel momento, ya habían eliminado a sesenta personas.

Cuando rompieron la pared, el primer enemigo que entró corriendo murió en la trampa. Grey descargó su munición, pero en el momento en el que oyó el explosivo C4 supo que había llegado el final de la batalla. En efecto, a todos los hirieron gravemente, pero al menos se reían mientras su visión se iba transformando en blanco y negro.

Divertirse hizo que dejara de echar de menos su hogar.

—Podría haber sido peor —dijo Ben—. Hoy hemos quedado dignamente.

—Sí, tuvimos mala suerte en el posicionamiento —contestó Tristan. Qué raro era pensar que, tan solo tres semanas antes, Tristan se había largado de su escuadrón y luchado contra Ben. Ahora parecía que aquello no hubiese pasado jamás.

—La tormenta tampoco ayuda mucho que digamos —dijo Kiri.

—A lo mejor mañana. —Grey ya había luchado en suficientes batallas como para saber que a veces la suerte no acompañaba. En ocasiones te tocaban armas malas. Otras el ojo de la tormenta acababa al otro lado del mapa. Los cien jugadores que estaban allí atrapados, todos, ya habían tenido un mal día en algún u otro momento, y las clasificaciones medias estaban cada vez más igualadas.

Mientras esperaban a que terminara la batalla, Grey eligió a uno de los jugadores que aún estaba vivo para observarlo. Su favorito era Tae Min, el mejor jugador de todo el grupo.

Grey se imaginaba que ya había un montón de gente mirando lo que hacía Tae Min, pero es que era difícil no hacerlo. Se aprendía muchísimo observándolo. No solo era un buen tirador…, sino que además era capaz de construir a la velocidad del rayo. Conocía todos y cada uno de los sitios y además sabía cómo usarlos en su beneficio. Y por encima de todo, parecía que Tae Min pudiese leerte la mente.

Efectivamente, Tae Min fue uno de los últimos en caer. Desde su primer día, que fue perfecto, su clasificación solo había descendido como mucho cinco puestos. La jugadora más cercana detrás de él era una chica llamada Hui Yin, con una media de doce.

Tae Min estaba ahora en el ojo de la tormenta, construyendo una torre más rápido de lo que Grey sería capaz de hacer en toda su vida. Eso le animó a querer practicar más.

Un escuadrón de jugadores intentaba dar con Tae Min, pero siempre había un muro entre ellos. Acabó con todos sus adversarios uno por uno hasta que fue el último jugador que quedaba en pie y la batalla se acabó.

Otra *Victoria Magistral* para Tae Min.

Como era el final del día, Grey apareció en el almacén de batalla con los otros noventa y nueve jugadores atrapados en el juego. Se puso junto a los siguientes a él en la clasificación. Ben estaba justo al lado. Kiri estaba aún un poco por detrás, pero se había acercado. Y Tristan estaba por delante de todos.

Tal y como era costumbre, la Administradora apareció frente a ellos.

—Esto termina con la tercera semana de batallas. Vuestras clasificaciones están en el tablón. Por favor, tened en cuenta que os quedan cinco semanas para posicionaros entre los cinco primeros. Esta es la única manera de regresar al mundo real. El resto de los jugadores participará en la siguiente temporada de batallas.

Grey tragó saliva. ¿Cinco semanas? Intentó no pensar en el paso del tiempo, pero cinco semanas no le parecieron suficientes.

Eso significaba que seguiría atrapado en este lugar otros dos meses más.

Y ya echaba tanto de menos su casa como para ponerse a llorar en cualquier momento.

La Administradora desapareció, dejando que los jugadores hicieran lo que quisieran durante las siguientes tres horas antes de la hora de dormir «obligatoria». Grey todavía no era capaz de discernir si había dormido algo en todo este tiempo, pero se sentía descansado después, lo que siempre era bienvenido.

—¿Practicamos más? —preguntó Ben mientras todos regresaban con sus escuadrones. Las cosas ya estaban más tranquilas que al comienzo de la temporada, cuando todo el mundo parecía estar cabreadísimo. Era como si la gente hubiese aceptado finalmente su destino. Aunque Hazel, una jugadora que había empezado con Grey, seguía tocándoles las narices con bastante frecuencia.

—Necesito un respiro —dijo Grey—. Id yendo vosotros. Ahora os pillo.

—¿Estás bien? —Kiri frunció el ceño.

—Solo tengo que aclarar mis ideas antes de más *Fortnite* —dijo.

—¡Seguro que el pequeñín echa de menos su casita! —interrumpió Hazel. Le señaló con el dedo y todo el mundo le miró—: ¡Miradle! Parece que está a puntito de llorar porque no puede ver a su mamaíta.

El escuadrón de Hazel se rio.

Grey se largó antes de que su cara expresara lo que quería ocultar. Se fue directo a su cabaña y a su cama. Quiso quedarse dormido en aquel mismo momento, pero nunca lo lograba. Lo único que podía hacer era estar tendido allí y pensar en todo lo que echaba de menos.

Deseó que su mejor amigo, Finn, estuviese allí para que pudiesen hablar del juego. Seguro que él sabía cómo mejorar. Le ayudaría a Grey a aumentar su puntuación. Probablemente Finn era como Hazel y también estaría encantado de encontrarse dentro del juego, porque le entusiasmaba jugar.

En aquel momento, hasta echaba de menos a su hermana pequeña, Bella. Siempre andaba molestándolo, pero ahora se preguntó cómo le iría. Cómo habría aceptado Bella que Grey estuviera en coma. Odiaba pensar en lo preocupada que debía estar su familia, y le hubiese gustado poder decirles que estaba bien.

Grey apretó los ojos. Llorar no le conduciría a nada. Lo único que le sacaría de allí era quedar entre los cinco primeros. Y tenía que encontrar el modo de lograrlo.

CAPÍTULO DOS

Grey oyó cómo se abría la puerta de su barracón, pero no escuchó después el ruido de unas pisadas firmes. Ni las habituales de Ben y Tristan, ni las más sonoras de Lorenzo. Miró hacia arriba y se encontró con Tae Min sentado en su propia cama. El chico no miraba a Grey, pero aun así parecía como si se fuese a poner a hablar. Habían pasado tres semanas y Grey no le había oído pronunciar una sola palabra.

—Echas de menos tu casa —dijo Tae Min.

Grey tragó saliva. ¿Podía hablar directamente con él? Ben le había dejado entrever que al chaval no le gustaba hablar en absoluto, pero igual era distinto si era Tae Min el que iniciaba la conversación.

—¿Acaso se me nota tanto?

—¿Tu casa mola? —le preguntó.

—A mí me gusta. —Grey no sabía cuánto tenía que decir. Tae Min no era para nada un cotilla, pero Grey no quería decirle a nadie que se encontraba francamente mal. Todos le miraban ya como a un debilucho—. No era perfecta, y mi familia no es rica ni nada de eso. Pero es mi hogar, ¿sabes?

Tae Min se encogió de hombros.

¿Es que Tae Min no tenía ninguna casa que añorar? Nadie había escuchado su verdadera historia, aunque muchos jugadores hubiesen especulado mogollón sobre el tema. Grey decidió que no se iba a poner a fisgonear, cuando ya parecía un logro enorme que Tae Min le hubiese dirigido la palabra.

—Sigue construyendo…, no más rápido, sino con más cabeza —dijo Tae Min—. No esperes a que nadie te diga que lo hagas. Limítate a hacerlo hasta que mejores.

—Va… vale. —Grey levantó las cejas sorprendido. ¿Acababa de darle Tae Min un consejo? No era la cosa más específica del mundo, pero aun así le pareció todo un regalo—. Gracias.

Tae Min asintió una vez y luego se tumbó en su cama dándole la espalda a Grey. Era lo que necesitaba. Que el mejor jugador de todos le animara significaba muchísimo, y decidió escuchar. Puede que con su consejo Tae Min pensara que Grey podía volver a casa si seguía currándose su capacidad de construcción.

«No más rápido, sino con más cabeza».

Grey se preguntó qué quería decir eso. Todavía quedaba algo de tiempo antes de tener que irse a dormir, así que salió disparado y volvió al exterior para reunirse con sus colegas de escuadrón.

La zona de prácticas estaba hasta los topes, así que, probablemente, Grey no era el único al que le había impactado el recordatorio de la Administradora de que solo quedaban cinco semanas. Algunos de los mejores escuadrones —los que estaban entre los veinte puestos más altos— entrenaban unos contra otros en estructuras gigantes que se elevaban muy por encima del suelo por el que él caminaba.

Al principio, Grey se asustaba por la altura de los edificios, pero se había acostumbrado a entrenar en salientes bastante pequeños. A Kiri le encantaba este tipo de construcciones, porque podía disparar desde lejos a sus contrincantes mucho mejor. Así que su escuadrón se adaptó.

Y, aunque Kiri tuviese la peor clasificación de todos ellos, también había eliminado al mayor número de jugadores.

A Grey le preocupaba que la chica se largara con otros. En aquel momento, la vio hablando con el líder de uno de los veinte mejores escuadrones. Ben y Tristan estaban un poco apartados, nerviosos. No era la primera, ni siquiera la décima vez, que alguien intentaba reclutarla justo delante de sus narices.

—Por favor, piénsatelo —le decía Zach, un adolescente escuchimizado de Harlem, con las manos entrelazadas—. Tú quieres irte a casa, ¿no? Bueno, pues nosotros te podemos mandar allí mucho más rápido que tu escuadrón.

Kiri emitió un largo suspiro.

Grey se quedó esperando la respuesta. Había una parte de él que no entendía por qué seguía ella con su escuadrón. Se había quedado atrapada en el juego sin haber jugado ni una sola vez en su vida porque había perdido una apuesta contra su hermano mayor. Echaba de menos su casa tanto como él, y Grey casi deseaba que se fuera ella antes que él mismo. Por lo menos, él sí había querido jugar al *Fortnite*. Kiri nunca quiso.

—Mira —dijo Kiri poniendo las manos en jarra sobre las caderas—. Deja de preguntármelo, ¿vale? Yo no me cambio de escuadrón. Todo el mundo lo intenta menos ellos. ¿Quién me asegura que no me daréis la patada si no sigo al mismo ritmo?

—¡No lo haremos! —insistió Zach. Siendo justos, y por lo que había visto Grey, lo cierto es que Zach parecía un buen tío. No hablaba por hablar, y su escuadrón funcionaba bien como equipo—. Solo estamos buscando a otra persona porque Anya ya no quiere volver a casa. Creo que ella y Veejay se han enrollado.

Grey hizo una mueca rara. Había visto ya a varias parejas en el juego, pero no podía ni imaginarse decidir quedarse solo por estar con alguien.

—Lo siento, tengo que volver a entrenar. —Kiri se alejó, sin dar más opción a Zach que bajar los hombros derrotado y volver con su propio escuadrón.

Grey se acercó al suyo, y Ben fue el primero en darse cuenta.

—Eh, colega. ¿Has podido descansar?

Grey asintió.

—¿Qué habéis estado practicando?

—Construcción —dijo Tristan, aunque sus ojos estaban puestos en Kiri—. Sabes que puedes irte con Zach, ¿no? Te mereces un escuadrón mejor. Te has convertido en una jugadora excelente.

Kiri le miró.

—¿Quieres que me vaya?

Tristan sacudió la cabeza.

—No, pero te estamos refrenando. Creo que todos estamos de acuerdo en eso.

Ben se estremeció.

—Tiene razón. Tenemos suerte de que todavía estés con nosotros.

Kiri miró a Grey.

—¿Tú también crees que debería irme?

Era como si Kiri fuese a cabrearse si Grey decía que sí, pero ¿qué más podía hacer?

—No es que yo «quiera» que te vayas. Es que… todos entenderíamos que tú quisieras irte. No quiero echar a perder las oportunidades que tienes para regresar a casa esta temporada. Lo has demostrado más que de sobra.

Kiri permaneció un instante en silencio.

—Pues entonces todos vosotros necesitáis mejorar, porque yo no me voy de este escuadrón. Así que sigamos practicando, ¿os parece?

—Si tú lo dices… —Grey se limitó a sonreír. Aunque se sentía culpable por estar reteniendo a Kiri, estaba muy agradecido por tener una amiga que no se iba a largar y dejarlos por su propio interés. Sintió que podía confiar en ella, y eso la convertía en una compañera de escuadrón mucho más valiosa que su buena puntería—. ¿Podemos construir algo? Quiero entrenar las batallas de construcción.

—Eso es lo que más falta nos hace —dijo Ben mientras se dirigían al almacén de la zona de prácticas. Estaba lleno de una cantidad interminable de armas, materiales y municiones—. Nunca superaremos al escuadrón de Hazel hasta que no construyamos más rápido. A Jamar y a Sandhya también se les da bien.

—No sé qué es lo que nos falta —dijo Tristan mientras llenaba su inventario con madera, ladrillos y metal—. Construimos igual de rápido que el resto.

—Bueno, nunca tenemos suficientes materiales —señaló Grey. Jamás había usado un montón entero entrenando, pero cuando jugaban siempre se quedaban cortos de material en el peor momento. Se acordó de Tae Min—. Y a lo mejor no es cuestión de ser más rápidos, sino… ¿de tener más cabeza?

—Esa es una buena forma de verlo —dijo Kiri—. Puede que sea como los reflejos. Es decir: cuando empecé a jugar al netball, era malísima y no marcaba jamás. Pero después, en algún momento, aprendí lo que era adecuado en cada situación.

Esto era muy parecido a lo que Tae Min le había dicho. Grey solo tenía que averiguar lo que significaba «construir con más cabeza». Tenía una idea, que normalmente no compartiría con nadie más, pero estaba desesperado por escalar puestos en la clasificación.

—¿Y si intentamos construir en solitario los unos contra los otros? Algunos equipos confían en un par de buenos constructores, pero probablemente en los mejores escuadrones todos los jugadores sepan cómo hacerlo bien.

—Por intentarlo no perdemos nada —dijo Tristan.

—Yo iré primero contra Ben —se ofreció Grey. Ben era el mejor constructor de su escuadrón, y él necesitaba como mínimo ponerse a su nivel.

—¡Hecho! —sonrió Ben.

CAPÍTULO TRES

En vez de ponerse a construir donde todo el mundo pudiese verlos, Grey y su escuadrón se marcharon a las afueras de la zona de prácticas. El sitio no había cambiado nada, y no se habían movido ni los árboles, ni los edificios, ni los arbustos. El sol seguía en la misma posición en el cielo, y ni siquiera las nubes se habían desplazado un ápice desde que el juego absorbió a Grey.

Pero, según había averiguado él, no siempre había sido así. Se habían añadido unos cuantos parches a la versión de realidad virtual en la que estaban atrapados; veces en las que el juego había cambiado. Ben y Tristan le habían hablado de ellos. El mapa de las batallas había cambiado: Socavón Soterrado solía ser Polvorín Polvoriento, y no un cráter, como ahora, y Pisos Picados era una localización muy reciente que no existía cuando ellos llegaron al juego por primera vez. Se habían eliminado algunas armas, y otras habían cambiado sus niveles de daño o su velocidad de recarga. Se habían quitado y añadido trajes. Un día incluso hubo un propulsor que permitía volar a los jugadores, pero daba demasiada ventaja.

A Grey le preocupaba tener que enfrentarse a un nuevo parche, ahora que al fin se había hecho con el mapa y con los objetos tal y como estaban.

Escogieron una de sus colinas favoritas en los alrededores del pueblo fantasma donde Grey conoció a Ben y Tristan. Prácticamente nadie iba allí a construir, así que podían hablar y practicar sin que los otros jugadores los controlaran. A Grey le gustaba así. Era muy difícil aprender algo con Hazel detrás constantemente gritando: «¡Lo estás haciendo mal!».

—Entonces ¿cómo lo hacemos, Grey? —preguntó Ben.

—Bueno, después de haber observado a los jugadores que están entre los veinte primeros puestos… —Grey tiró del cuello de su camisa. Normalmente, eran Ben y Tristan los que daban las órdenes en los entrenamientos, ya que al fin y al cabo tenían muchísima más experiencia, pero tampoco salían de los puestos cincuenta, así que puede que ellos también necesitaran ayuda—. Parece que, para obtener ventaja, no siempre depende de lo rápido o alto que construya el jugador, sino de dónde va poniendo los muros y rampas. Por ejemplo, todos esos ángulos tan raros que hacen. Tae Min siempre atrapa a la gente por debajo, y no solo construyendo en altura o en línea recta.

—Es cierto —admitió Ben—. Pero ¿cómo practicamos eso?

—Ni idea —contestó Grey.

—Podemos intentar dispararnos entre nosotros y parar los disparos con lo que construyamos —sugirió Tristan—. ¿El primero que llegue a diez gana? ¿Sin importar lo grande que sea lo que se esté construyendo?

—Mola —dijo Kiri—. Me vendrá genial en mi combate cuerpo a cuerpo, porque sigo siendo un paquete en eso.

Grey sonrió, feliz de que su idea hubiese cuajado tan bien.

—¿Preparados pues?

—¡Hagámoslo! Que solo nos queda media hora... —dijo Ben.

Tristan y Kiri se alejaron un poco más para tener sitio para construir y luchar. Ben se separó de Grey con una sonrisa pícara en la cara mientras sacaba el plano que indicaba que se encontraba en modo de construcción. Grey escogió las estructuras de madera y pasó también a sujetar un plano.

—¡Preparados! —gritó Ben—. ¡Listos! ¡YA!

Grey levantó inmediatamente un muro entre Ben y él, y descubrió que su amigo había hecho exactamente lo mismo. Los muros empezaron a construirse solos tabla a tabla, y Grey empezó a estresarse pensando en qué hacer a continuación.

Añadió una rampa que conectara con el muro que había hecho: si llegaba hasta allí arriba lo suficientemente rápido, podría dispararle desde ahí. Pero Ben también había hecho una rampa, y la había hecho más rápido que Grey. Un disparo le alcanzó en el hombro y su cuerpo se puso a parpadear en rojo para indicar que había sido herido, aunque en la zona de prácticas nadie resultaba herido de verdad.

—¡Uno! —dijo Ben.

Grey puso otro muro, esta vez a modo de cubierta sobre la rampa que había hecho. Los disparos de Ben dieron en el techo, pero no alcanzaron a Grey. Dio la vuelta hacia el otro lado del muro de Ben y construyó dos rampas para poder tener una ventaja en altura sobre su compañero de escuadrón. Sacó el fusil de asalto que tenía y disparó.

El avatar de su amigo parpadeó en rojo.

—¡Empate a uno! —sonrió Ben.

El chico usó un muro para bloquear la visión de Grey de forma que este tuviera que cambiar a modo de construcción de nuevo para añadir más altura. Había construido un piso por encima de Ben, se acercó al borde y disparó dos veces más antes de que pudiera correr siquiera a cubierto.

Después, Grey le perdió el rastro a Ben durante demasiado tiempo. No sabía si se había atrincherado por debajo o si estaba construyendo en otro lado. Cuando se asomó por encima de la cornisa, recibió su respuesta en forma de disparo en la cara.

—¡Dos! ¡Tres! —gritó Ben.

Grey se quedó ahí un segundo más, recibiendo otro disparo, porque estaba alucinando viendo lo que Ben había hecho: su colega de escuadrón había modificado el techo para hacer en él una pequeña abertura y disparar desde ahí. Ahora le sería muy difícil tenerlo a tiro.

Fue una táctica muy buena en la que Grey no había pensado.

Necesitaba ganar seguridad editando los muros después de hacerlos. Eso era lo que más le ralentizaba.

—¡Cinco! —gritó Ben después de haberle vuelto a disparar con éxito.

Grey se quitó de su trayectoria, intentando centrarse en idear una táctica que contrarrestara la de Ben. Aunque estaba en la parte más alta, no había supuesto un ángulo ventajoso en absoluto. A lo mejor si construía más alto y destruía ese muro con ventana...

Usó unas cuantas rampas para ir subiendo, pero Ben las destruyó a disparos y Grey acabó estrellándose en el suelo. Si no hubiese estado en modo prácticas, hubiese sido eliminado por daño total allí mismo.

Ben disparó a Grey desde otra ventana que había hecho, y en cinco disparos rápidos la partida había terminado. Ben salió saltando de la ventana sonriendo:

—¡He ganado!

Grey asintió.

—Pues sí, has ganado. Con esa capacidad de modificación.

—Yo también he ganado —dijo Tristan cuando él y Kiri llegaron hasta ellos.

—Sorprendente, ya lo sé —dijo ella.

—¡Pero ha sido divertido! —Ben daba saltos aquí y allá, con la adrenalina hasta los topes—. ¡Me parece una manera genial de entrenar! Es como hacen los mejores escuadrones entre ellos, solo que nosotros lo hacemos en solitario.

—Sí —dijo Tristan—. Esto nos ayudará a saber reaccionar ante una construcción enemiga. Volvamos a hacerlo. Esta vez yo lucharé contra Ben.

—Guay, entonces yo contra Kiri —dijo Grey sonriendo. Les había gustado su idea, y tuvo el presentimiento de que aquello era a lo que podía haberse referido Tae Min. Construir no se trataba solo de velocidad o buenos ángulos de tiro. Era como una partida de ajedrez, para ver quién era más listo que el otro. Y, si llegaban a dominar esto, a lo mejor aún existía la esperanza de llegar a los cinco primeros puestos.

CAPÍTULO CUATRO

Grey y su escuadrón habían entrenado todo lo posible para prepararse para el día siguiente. Aunque no esperaba ser un millón de veces mejor, sí que sintió que ahora tenía más herramientas de las que tirar que tan solo construyendo rápido. Construir contra Tristan, Kiri y Ben había ayudado a Grey a improvisar y a pensar con más astucia, y estaba seguro de que ese era el ingrediente que le faltaba y al que se había referido Tae Min.

Según entraba en el almacén de batalla para empezar las batallas del día, Grey dijo:

—Intentemos hacer algunas batallas de construcción hoy.

—Eso implica conseguir muchos más materiales —repuso Tristan.

—¿Qué os parece el depósito de contenedores? —dijo Ben—. En esos palés hay un montón de madera.

Tristan asintió.

—También tiene mogollón de botín, solo que más desperdigado.

—Suena genial —dijo Kiri.

—¿Qué decíais? ¿El depósito de contenedores? —cortó una voz familiar. Grey se dio la vuelta y se encontró con Hazel y su escuadrón. Aunque ya habían demostrado que no eran un equipo de los malos, Hazel seguía empeñada en fastidiar la moral de su escuadrón todo lo posible—. ¡Eh, colegas! ¿Os apetece ir al depósito de contenedores?

—¡Sí! —dijo Jamar con una sonrisa malévola—. Es un buen sitio para conseguir material.

—Efectivamente. —Hazel entrecruzó los brazos mientras los miraba—. Vamos a construir más y mejor que estos críos novatos y así nos aseguraremos de que echen de menos su casita otra temporada más.

—Que seamos más jóvenes no quiere decir que no podamos derrotaros —dijo Kiri.

Hazel se rio.

—Que hayas tenido potra en unas cuantas batallas no significa que nos vayas a vencer, niñata.

—Venga, Kiri —dijo Grey mientras le daba un codazo para que siguiera andando—. Ni merece la pena. Solo existe una manera de hacerla callar, y es demostrándole que se equivoca.

—¡Pues buena suerte con eso! —dijo Hazel mientras el escuadrón de Grey se marchaba al lado opuesto del almacén de batalla.

Se sentaron delante del tablón de clasificaciones y Grey le echó un vistazo a la lista. Si hubiese quedado entre los cuarenta primeros después de tres semanas jugando en el mundo real, estaría más que orgulloso. Pero en este mundo virtual no se sentía así para nada. Miró los nombres de los que estaban justo por encima de él: el escuadrón de Hazel, un par de jugadores en solitario y algún dúo. Había muchos más nombres por encima, pero ahora mismo los únicos que necesitaba superar eran esos.

Se acercaron unos a otros para hablar susurrando. Solo tenían unos minutos antes de que apareciese la Administradora y dieran comienzo las batallas del día.

—Supongo que entonces no vamos al depósito de contenedores —dijo Tristan—, porque ellos van a ir allí sí o sí.

—Vayamos igualmente. Tenemos que aprender a derrotarlos —insistió Grey.

—¿Y cómo vamos a conseguir eso? —La voz de Ben dejaba ver su frustración—. Tristan y yo llevamos estancados en esta posición una eternidad. Yo también quiero vencerlos, pero no saco nada de esto.

—No sé —admitió Grey—, pero no podemos continuar huyendo. ¿Cómo vamos a mejorar si seguimos evitando los combates?

Kiri sacudió la cabeza.

—Nos matarán. Y nuestra clasificación caerá en picado.

—¿Qué más da si quedamos entre los puestos noventa o cincuenta? —Grey oía el tono de desesperación en su voz mientras su mente se llenaba de recuerdos de casa—. Los únicos puestos que de verdad importan son cinco. ¿Cómo vamos a acercarnos a ellos si le tenemos pavor a la gente que los tiene?

El escuadrón de Grey se quedó en silencio. A lo mejor se había pasado. Cuando pensó en lo que acababa de decir, le pareció una locura. Desesperado. Pero no sabía qué más hacer y de verdad quería irse a casa.

Al final, Tristan emitió un largo suspiro.

—De algún modo tiene razón. Si nos seguimos diciendo a nosotros mismos que no podemos competir, eso significa que ya nos han vencido mentalmente.

Kiri asintió.

—Mi entrenadora de netball dice que para ganar hay que creérselo. No puedes tirar la toalla antes siquiera de empezar.

—Hemos estado jugando con miedo —dijo Grey—. Lo que quiero decir es que, por muy malvada que sea Hazel, nunca juega con miedo. Sigue convencida de que nos va a vencer a nosotros y a todos los demás.

Ben había estado callado todo este tiempo, pero ahora asintió.

—No te equivocas… Lo cierto es que estoy asustado. Yo también me quiero ir a casa, Grey. Y a lo mejor ser unos imprudentes nos enseña algo. Pero puede que también haga que nuestras clasificaciones empeoren y que no seamos capaces de remontar nunca. No sé si quiero arriesgarme así.

Grey notaba el miedo al mirar a cada uno de ellos. Nadie quería descender puestos —él tampoco—, pero tenía la sensación de que el miedo los estaba refrenando más que cualquier otra cosa. Tendría que intentar un enfoque algo más sutil:

—Solo una batalla. ¿Qué os parece eso? Nos lanzamos todos sin miedo alguno en la primera batalla del día, y en el resto podemos evitar a Hazel o a quien os dé la gana.

En el escuadrón se miraron unos a otros mientras le daban vueltas al tema. Tristan fue el primero en hablar:

—Yo estoy de acuerdo si Ben lo está.

Ben apretó los labios.

—Bueno, lo cierto es que siempre tenemos algún juego malo, así que… yo también.

—Excelente —dijo Kiri con una sonrisa.

¡Las batallas comenzarán en treinta segundos!

Grey se preparó. Aunque ya estaban en el almacén de batalla, todavía tenían que teletransportarlos a la fila de clasificación con la que empezaban y acababan cada día. En un abrir y cerrar de ojos, estaba ya en la fila y la Administradora apareció para anunciar lo habitual:

—¡Bienvenidos al Día Vigesimosegundo de batallas! —dijo la Administradora en su habitual tono demasiado alegre—. Informe sobre el estado del juego: todos los elementos están igual y no hay cambios en el mapa. No se ha notificado ningún fallo técnico y no se espera ningún parche de momento. Os deseo suerte.

La Administradora desapareció y la cuenta atrás para la primera batalla dio comienzo. Grey respiró profundamente intentando estar lo más seguro posible.

Él y los demás jugadores fueron transportados al Autobús de Batalla, e inmediatamente comprobó la ruta que este seguiría. Empezaría volando por la parte norte del mapa, en rumbo horizontal de izquierda a derecha. Pasarían directamente sobre los contenedores en los que originalmente habían planeado aterrizar. A veces la ruta era vertical, o diagonal, y esto hacía que la gente cambiara su lugar de aterrizaje.

—¿Todavía queréis ir a los contenedores? —preguntó Grey.

—Por intentarlo… —dijo Ben sin sonar muy convencido—. Puede que esta sea una partida rápida.

—O rápida para ellos —contestó Grey. Pensamiento positivo. Estaba decidido a intentarlo. Puede que nunca llegara a pavonearse como lo hacía Hazel, pero entre la confianza y la humildad tenía que haber un equilibrio.

—Deberías llevar la delantera, Grey —dijo Tristan—, porque es tu plan.

—Vale. —No había llevado la iniciativa en nada antes. Le puso nervioso, pero se recordó a sí mismo que igualmente su escuadrón tampoco esperaba demasiado de esta partida—. Tres, dos, uno…, ¡saltemos!

Fue el primero de ellos en salir del autobús, y su corazón se aceleró al volar hacia el depósito de contenedores. Era una sección del mapa que no estaba etiquetada, entre Pueblo Tomate y Ciudad Comercio, y le preocupó que no pudiese localizarlo en el minimapa si no andaba con cuidado. Habían visitado la zona en varias ocasiones en sus batallas, pero jamás habían aterrizado allí. Todo parecía un poquito distinto desde el cielo.

Afortunadamente, lo avistó sin problemas, gracias a los contenedores de vivos colores que llenaban la zona. El lugar era un laberinto de contenedores que, a modo de altos muros, creaban estrechos pasadizos.

Iba a ser difícil guiarse por ellos. No iba a hacerse el listo y pretender que sabía dónde aterrizar:

—Tristan, ¿puedes ayudarme con la localización de botines? No la conozco.

—Empieza dentro de los contenedores —contestó Tristan—. Ve a uno que esté abierto.

—De acuerdo. —Grey guio su ala delta hasta una abertura en el contenedor naranja más cercano y, efectivamente, allí había un cofre dorado. Lo abrieron y encontraron un fusil de francotirador para Kiri y una escopeta azul—. Ben, coge tú la escopeta.

—Sí, mi capitán —dijo su amigo mientras la recogía con su correspondiente munición.

Grey le dio a Kiri el escudo y a Tristan los vendajes, y se desplazaron hacia el siguiente contenedor abierto tan rápido como pudieron. Se sorprendió al encontrar un montón de botines en la zona. Aunque algunos estaban muy desperdigados, aprovecharon para destrozar varios palés por el camino y conseguir así madera.

Cuando entraron en su quinto contenedor y encontraron una piñata llama gigante, ya estaban muy bien abastecidos, con armas decentes y suficiente munición, escudos y vendajes como para afrontar una buena lucha.

—Vale, este sitio está muy infravalorado —dijo Ben cuando abrieron la llama. Dentro había granadas lapa, unas cuantas trampas y más munición. La mejor parte fueron las quinientas unidades de madera, ladrillo y metal que se añadieron a su arsenal de materiales de construcción—. ¡Hay mogollón de botines!

—Pero se tarda más en conseguirlo... —Kiri miró a la puerta—. ¿Dónde está el escuadrón de Hazel? No he oído nada.

—Supongo que nos mintieron —dijo Grey—. O dieron por hecho que nos íbamos a echar atrás si sabíamos que ellos iban a venir aquí.

—Probablem… —El sonido de los picos sobre el metal se extendió por todo su contenedor, dejándoles claro que ya no estaban solos. Kiri se asomó por la puerta—. Ahí están. He visto el traje de Hazel.

Aunque a mucha gente le gustaba cambiarse a menudo el traje —Grey llevaba en estos momentos el nuevo que había conseguido, uno de dinosaurio—, Hazel siempre llevaba el mismo de chica con pelo verde. Así todos sabían que era ella.

—Deben venir de Pueblo Tomate o Ciudad Comercio. —En la voz de Ben se notaba el miedo—. Estarán hasta los topes de suministros.

—Y nosotros también lo estamos —señaló Grey. Afortunadamente, su escuadrón no estaba al fondo del depósito, sino en uno de los contenedores que se encontraban más arriba. Tenían algo de ventaja de altura. Grey reunió todo su valor—: Seguidme, ¿vale? No podemos luchar con miedo en esta batalla.

Sacó sus materiales de construcción. Estaba casi al máximo de madera gracias a la llama, así que construyó una rampa que salía del contenedor para llevarlos a un terreno aún más alto.

—¡Ben! ¡Construye muros detrás si disparan!

—¡Hecho!

Grey siguió poniendo rampas y muros de apoyo hasta que obtuvo una buena vista completa del depósito de contenedores. Oía disparos, pero confiaba en que Ben se ocupara de protegerlos en la retaguardia. Grey tenía que asegurarse de que la estructura no se viniese abajo por todos los proyectiles.

Kiri también disparó según iban subiendo por la torre que Grey construía.

—¡Tengo a uno abajo!

—¡Estoy apuntando! —Tristan disparó con Kiri—. ¡Derribado!

—¡Se están atrincherando! —informó Kiri.

Atrincherarse significaba que un equipo intentaba curar al jugador caído bajo la protección de los muros. Grey dejó de construir y sacó su fusil de asalto.

—¡Apuntadles todos!

Sus disparos derribaron los muros de protección y alguien del escuadrón enemigo intentó reconstruirlos. Otro enemigo les disparó, y Grey estuvo a punto de perder todo su escudo protector. Volvió a modo de construcción para levantar su propia pared, aunque no quería dejarles revivir al jugador caído.

—Seguimos atacando —dijo.

—¿Estás loco? —preguntó Ben.

—En esta batalla, sí. —Grey construyó una rampa y luego añadió plantas para que pudieran acercarse más al escuadrón de Hazel—. ¿Quién tiene granadas lapa?

—Yo. Las lanzo. —Ben, a pesar del miedo, arrojó la granada cuando estaban a tiro. Destrozó la caja de protección y, ahora que todos los muros se habían caído, podían disparar a campo abierto al escuadrón de Hazel. Y tenían la altura adecuada para acabar con ellos.

Grey cogió su arma y abrió fuego con el resto de su escuadrón.

Kiri ha eliminado a Sandhya.

Ese debía ser el jugador caído. Los otros tres se estaban moviendo, pero uno cayó justo cuando Hazel construía un muro para seguir protegiéndolos.

—¡Derribadle! —gritó Grey.

Ben lanzó otra granada que se quedó pegada al muro. Cuando la detonaron, en la pantalla de Grey se leía: *Ben ha eliminado a Jamar.*

Pero Hazel y el otro miembro de su escuadrón que quedaba, Guang, habían desaparecido detrás de algunos muros. Grey quería darles caza, pero entonces Tristan dijo:

—Grey, viene la tormenta.

Miró el mapa: la siguiente zona segura era pasado Pueblo Tomate, y ellos estaban todavía lejos de allí. Solo tenían treinta segundos… y no eran suficientes. Por lo menos, no lo eran hasta que Grey divisó algo entre el botín de Sandhya:

—Pilla esa plataforma de lanzamiento y salgamos de aquí. Tendremos que atrapar a Hazel y Guang más tarde.

—Estarán detrás de nosotros intentando llegar también al ojo de la tormenta —dijo Kiri mientras cogían la plataforma de lanzamiento.

Dejaron el depósito de contenedores atrás y Grey siguió mirando a su espalda, esperando ver a Hazel y a Guang. La tormenta se estaba cerrando cada vez más rápido, y supuso que los dos jugadores ya estarían heridos por ello. Si su escuadrón usaba la plataforma de lanzamiento, todo el que la viese también podría usarla. Grey tenía la sensación de que Hazel estaría sedienta de venganza después de lo que había pasado en el depósito de contenedores. Todavía estaría segura de que podía eliminarlos a todos, aunque solo fuese con la mitad de su escuadrón.

Quizá confiar en uno mismo no siempre fuese algo bueno.

Pero Grey podía contar con la confianza de Hazel y usarla en su beneficio. Cuando llegaron a una colina más alta dijo:

—Usad la plataforma de lanzamiento ahora.

—Hazel y Guang la verán —dijo Ben.

—Pero seremos nosotros los primeros en aterrizar —respondió Grey—. Podemos derribarlos.

—Colocando plataforma —informó Tristan mientras la tormenta los atrapaba.

Grey empezó a perder un punto de salud por cada segundo que pasaba en la tormenta, ya que solo era el principio. Saltó sobre la plataforma de lanzamiento y salió volando por el aire. La opción de abrir su ala delta surgió de nuevo y así lo hizo. Su escuadrón y él volaron más rápido hacia el ojo de la tormenta, donde estarían a salvo de los daños que causaba la niebla púrpura.

Deseaba que no hubiese nadie esperándolos en la zona segura, porque quería centrarse en los enemigos que venían por detrás.

—¿Veis a alguien más?

—Por ahora no —contestó Ben mientras se dirigían al ojo de la tormenta con el ala delta. El daño paró, pero Grey ya había perdido un tercio de su salud.

—¡Hazel y Guang están en el aire! —informó Kiri a la vez que disparaba en su dirección. Emitieron un sonido altísimo que resonaba y que cualquiera que estuviera en la zona sería capaz de oír.

—¡Uy, he fallado!

—No malgastes tu munición —dijo Grey. La necesitarían para luchas futuras. Y se le ocurrió cómo eliminar a los dos jugadores de una forma más dañina. Su avatar sacó un plano y un lápiz para indicar que estaba en modo de construcción.

—No estarás… —dijo Tristan—. Eso es muy cruel.

—Estoy enviándoles un mensaje. —Grey empezó a usar el metal adicional que había obtenido de la llama para construir un muro justo al borde de la tormenta. Lo hizo de dos pisos de altura y luego añadió una rampa y pavimento para poder subirse a él y construir todavía más alto. Podía ver a Hazel y a Guang virando a la derecha intentando evitar su barricada, pero fuera de eso estaban completamente indefensos, flotando en el aire—. ¡Construid más a la derecha! Están girando.

—¡Hecho! —dijo Tristan.

Grey también se movió en esa dirección, añadiendo muros por encima de los de Tristan. Puede que fuese una pérdida de material, pero fue una gozada ver cómo Hazel y Guang se estampaban contra la barricada a la vez que la tormenta los hería por el otro lado.

Dispararon con todas sus fuerzas en un intento por derribar el muro, pero Grey tuvo otra idea:

—¿Alguien tiene una cama elástica?

—¡Yo! —dijo Kiri.

—Ponla justo aquí. —Grey no podía evitar reírse mientras Kiri la ponía, porque Hazel y Guang rebotaron en ella y se adentraron en la tormenta. El escuadrón entero estalló en risas cuando salieron las alertas en sus visiones:

Hazel se ha perdido en la tormenta.

Guang se ha perdido en la tormenta.

—Eso ha sido lo mejor que he visto en mi vida —dijo Ben riéndose—, pero tenemos que movernos.

—Sí —coincidió Grey. Estaban en la frontera de Pueblo Tomate, y la siguiente zona segura de la tormenta se estaba acercando a Balsa Botín. Iba a ser toda una proeza llegar tan lejos—. Tendremos que evitar Pueblo Tomate. De todas formas, la mitad del sitio ya está dentro de la tormenta.

—Recojamos materiales de camino a Balsa Botín —dijo Tristan cuando empezaron a moverse en esa dirección—. Vamos a necesitar un montón para construir allí.

—Lo más seguro —dijo Grey.

Aunque no parecía haber nadie más que viniese desde donde estaban ellos, pronto se empezarían a encontrar a los que hubiesen comenzado en Parque Placentero, Pisos Picados, e incluso Socavón Soterrado o Acres Anárquicos…, todos ellos lugares de aterrizaje muy codiciados por los mejores escuadrones. Solo quedaban menos de cuarenta personas en el mapa, y estaban seguros de que irían bien equipados después de haber sobrevivido en esas zonas.

El territorio entre su posición y Balsa Botín estaba formado prácticamente por praderas y árboles, así que derribaron cuanto pudieron para conseguir madera. Había un pequeño edificio con más munición y escudos, y tuvieron la suerte de encontrar un cofre dorado entre unos árboles.

—¡Sí! —Kiri cogió el rifle naranja brillante, porque sabía que cualquier arma francotiradora legendaria que se encontraran se la iban a dar a ella—. ¡Un francotirador de cerrojo, mi favorito!

—¿Me puedo quedar la escopeta? —preguntó Tristan—. Así podré hacer un tiro doble.

—Pues claro —dijo Grey. Estaba encantado de tener a sus mejores tiradores tan bien equipados para la batalla que se acercaba—. ¿Cómo vais de materiales?

—Todavía no estoy hasta los topes —dijo Ben—. Balsa Botín va a consistir prácticamente en construir, porque es campo abierto.

—Vale, pues vamos a por más. —Grey derribó los árboles que había a su alrededor, asegurándose de estar alerta por si alguien oía los ruidos. Puede que la batalla no hubiese terminado aún, pero habían vencido al escuadrón de Hazel. Y eso ya era victoria suficiente para él. Se conformaba con seguir haciendo solo eso.

Cualquier otra muerte en esta partida sería ponerle la guinda al pastel.

CAPÍTULO CINCO

A Grey no le gustaba Balsa Botín. Aunque parecía tener cosas que no estaban mal, desde luego tampoco le hacía honor a su nombre. Además, lograba que uno estuviese en una situación muy vulnerable, con el inmenso lago convirtiendo el lugar en campo abierto para divisar a los enemigos y ser divisado. Mientras se escondían en la zona arbolada, Grey vio cómo se iban construyendo varias torres en la orilla opuesta del lago.

—Llegamos tarde a la fiesta —dijo. La adrenalina del enfrentamiento previo ya se había esfumado. Y una parte de su valentía también—. No os voy a mentir. No tengo ni idea de qué hacer.

—Pues ser agresivo —respondió Ben—. Eso es lo que tú dijiste que hiciéramos en esta partida.

—Y, francamente, no nos ha ido nada mal —añadió Kiri—. Solo quedamos veintitrés jugadores.

Grey respiró hondo. Ya había gastado todo su valor contra el escuadrón de Hazel.

—De acuerdo, construyamos pues. A lo mejor Kiri puede disparar a alguien.

—Excelente. Hagámoslo.

—Yo usaré mis materiales —se ofreció Tristan—. Guarda los tuyos para la ofensiva, Grey.

—Buena idea. —Se alegró de que Tristan empezara a aportar ideas, porque, ahora que se iban a enfrentar a los veinte mejores jugadores, él ya se empezaba a encontrar fuera de lugar como líder. Intentó quitarse los malos rollos. Había sido una partida buena para todos. Debería estar feliz.

Tristan construyó su torre rápidamente, algo bueno porque, en cuanto tuvieron más de tres pisos, empezaron a recibir disparos. Evidentemente, a estas alturas los jugadores del otro lado del lago ya los habían visto, y el escuadrón de Grey necesitaba aguantar la presión antes de que sus enemigos destruyeran su edificio.

Hubiese sido un momento estupendo para tener un lanzacohetes, pero ninguno había tenido la suerte de encontrar uno.

—¡Construye un poquitín por encima del lago! —dijo Kiri—. No logro tener un buen…

A la chica se le cayeron los suministros mientras Grey aún intentaba procesar la rapidez de los dos disparos que acaban de suceder. Pero cuando leyó la alerta supo el porqué:

Tae Min ha eliminado a Kiri de un tiro en la cabeza.

—¡Arrrr! —Kiri estaba más cabreada de lo habitual—. ¡Te juro que solo va a por mí!

—Bueno, tú le disparaste en la cabeza una vez —dijo Ben—. Tae Min nunca…

Tae Min ha eliminado a Ben de un tiro en la cabeza.

—¡Bueno, por favor! —dijo Grey. Aún no había visto dónde estaba Tae Min, pero obviamente tenía un puesto de francotirador estupendo. Y un arma muy potente—. ¡A cubierto!

Tristan abrió un agujero en el suelo justo a tiempo, porque en aquel momento otro disparo sacudió sus muros mientras Grey y Tristan se atrincheraban en su propia torre para protegerse. Aquello iba tan bien como Grey se había imaginado que iría. Intentó no cabrearse, pero después del consejo que Tae Min le había dado… Grey pensó que el chico podría estar del lado de su escuadrón por algún motivo.

Pues obviamente no.

Grey oyó el sonido de un lanzacohetes y supo que las cosas no iban a terminar precisamente bien si se quedaban en el mismo sitio:

—Tendremos que ir a pie. Bordeando el lago.

—Intentémoslo —dijo Tristan.

Ya no había manera de que consiguiesen construir algo a estas alturas. Cualquiera al otro lado del lago ya les tenía tomada la medida; y además Tae Min estaba pisándoles los talones. Los dos chicos dejaron su torre y Grey empezó a buscar desesperadamente dónde podría estar Tae Min.

Se oyó otro sonoro disparo de francotirador, y Grey se dio cuenta de que venía del centro del lago, donde había una casa encaramada en una islita.

Tae Min ha eliminado a Mayumi.

Tae Min ha eliminado a Zach.

Así que ahí estaba. Tae Min debía haber llegado al lago antes que nadie y se había hecho con aquel lugar de excepción. No siempre era una buena posición, pero en las circunstancias actuales era perfecta. Podía derribar a cualquiera que estuviese alrededor del lago mientras que el resto de los escuadrones luchaban en distancias cortas.

Grey y Tristan llegaron pronto a una torre bastante destrozada en la que obviamente se estaba librando una batalla de construcción por encima de ellos, entre otros dos escuadrones. La torre era un lío de rampas y muros, pero la base era pequeña y endeble.

—Derríbala. —Eso fue todo lo que Grey fue capaz de pensar. Nunca conseguirían construir hasta donde estaban los jugadores en ese momento, pero a lo mejor podían traerlos hasta abajo o destruir la torre por completo.

—Ten cuidado con las trampas —dijo Tristan mientras iban destrozando los muros de abajo.

Grey lo tuvo, pero no había nada. Por fin, derribó el último punto de apoyo y los muros superiores empezaron a derrumbarse. Disparó por encima de ellos a los jugadores, quienes finalmente se habían dado cuenta de que su torre se estaba viniendo abajo.

Al contrario de lo que había esperado Grey, ninguno cayó. En vez de eso, sacaron una plataforma de lanzamiento y saltaron. Mientras descendían sobre él y Tristan, comenzó una batalla campal.

Grey disparaba con violencia a todos los jugadores que estaban en el aire, y dio a dos antes de que le derribaran a él.

Hans te ha eliminado.

Tristan le siguió poco después. Grey miró su decimoctavo puesto y no supo cómo sentirse. Sabía que era bueno —probablemente lo más alto que llegaría a estar en todo el día—, pero también sintió que podía haberlo hecho mejor.

Como de costumbre, Tae Min acabó ganando la batalla. Grey le observó según eliminaba jugador tras jugador que intentara aproximarse a la isla. Algunos lograron acercarse, un par de ellos hasta consiguieron tocar tierra, pero Tae Min acabó finalmente con ellos.

Cuando Grey regresó al almacén, se fue directamente a la zona de prácticas. Sabía que su escuadrón le seguía, pero no hablaba nadie. No sabía por qué estaba así de mosqueado, pero solo quería seguir practicando. Y no quería hablar con Hazel ni con cualquiera que tuviese ganas de tocarles las narices.

—¿Qué te ocurre, Grey? —dijo Ben mientras entraban en el almacén de prácticas—. ¡Lo hemos hecho genial! Pero tú pareces estar de mala leche.

—No sé —respondió. Pero sí que lo sabía. Era incapaz de mirarlos—. Me quedé paralizado. Llegamos al lago y me quedé en blanco.

Se sentía como si les hubiese defraudado.

—¡Pero si estuviste brillante! —dijo sorprendida Kiri—. Sí, te quedaste paralizado, ¡pero hasta ese momento lo único que hiciste fue brillar!

Grey sacudió la cabeza. No se había sentido precisamente «brillante».

—A ver, sé que aniquilamos al escuadrón de Hazel…, pero, a excepción de eso, siento que he fallado.

—Hemos terminado entre los veinticinco primeros —dijo Ben—. Eso no es fallar. Y, probablemente, esta sea la mejor partida de todo el día…, a no ser que estés dispuesto a liderar de nuevo. Creo que podrías ser un líder natural. Solo que has estado tan callado todo este tiempo que ninguno de nosotros se había dado cuenta.

—¿Yo? —Grey negó con la cabeza—. Yo no soy bueno en eso.

Él nunca era el líder de nada. Siempre era al que nadie quería escuchar. O el que nunca hablaba. Odiaba tener esa responsabilidad. Todas las veces le dejaba con la mala sensación que tenía justo en aquel momento: la de no haber estado a la altura. Se arrepintió de haber animado a todos a ser más agresivos. Si hubiese sabido que le propondrían para ser el líder, desde luego no lo habría hecho.

—Pues yo creo que sí lo eres —insistió Ben—. Al igual que Kiri no tenía ni idea de lo buena que era como francotiradora, pero tú sí te diste cuenta. A lo mejor no veis vuestras propias capacidades.

A Grey se le oprimió el pecho. Cuando miró a Tristan y Kiri, esperó que ellos no estuviesen de acuerdo.

—Vosotros no creeréis eso, ¿verdad?

Kiri se encogió de hombros.

—Lo siento, colega, pero yo sí estoy de acuerdo con Ben.

—Y yo creo que por lo menos deberíamos intentar a ver qué tal contigo de líder todo el día —dijo Tristan—. El único motivo por el que te quedaste paralizado es porque no solemos llegar tan lejos. Pero, si seguimos llegando hasta allí gracias a ti, todos lo tendremos claro.

Grey soltó un largo suspiro.

—Pero ¿y si la última partida solo ha sido potra? Podría hacer que todo se fuese al garete en las siguientes…

—Puede haber sido potra —dijo Ben—, pero, Grey, se te ocurrieron cosas de un nivel completamente distinto en cuanto te dejaste llevar y empezaste a jugar con confianza.

A ver, es que fue alucinante. En serio. Tú ni siquiera viste cómo construías, o cómo respondías al grupo de Hazel. Yo estaba a cuadros. Necesitamos que sigas haciendo eso.

—Lo siento, pero tengo que pensar en ello —dijo Grey.

—Claro —dijo Tristan—. Piénsatelo.

Grey salió del almacén de prácticas, con la cabeza totalmente acelerada por la partida y por lo que su escuadrón le estaba pidiendo. Era fácil hacerse el confiado en una partida. Pero ¿ser el líder siempre? Era una locura que Ben y Tristan quisieran que lo hiciera cuando ellos tenían muchísima más experiencia. Era imposible que él fuese mejor que ellos liderando nada cuando solo llevaba jugando unas pocas semanas.

Grey entró en el bosque denso de los alrededores de la zona de prácticas. Recordó que el primer día que estuvo atrapado en el juego Kiri se había ido al mismo sitio cuando le había dado el bajón. No era exactamente un bosque de verdad. Más bien parecía de dibujos animados, pero había algo que le daba más privacidad. Nadie venía aquí porque no estaba ni en la zona de prácticas ni cerca de las cabañas en las que dormían.

Cuando encontró un sitio bajo un árbol, se sentó e intentó hacerse a la idea de ser líder. Le asustaba. Y no estaba seguro de poder superar ese miedo.

CAPÍTULO SEIS

Se suponía que Grey tenía que estar pensándose ser el líder de un escuadrón y si era realmente bueno para serlo, pero, en vez de eso, su mente empezó otra vez a echar de menos su vida real. Lo emocionado que había estado de pasar al instituto, y ahora era posible que ni siquiera consiguiese ir. Su madre le había llevado a hacer un examen para ver si entraba en matemáticas avanzadas, y qué orgullosa había estado cuando Grey lo logró.

Echaba de menos los abrazos de su madre. Su sonrisa. Incluso la manera que ella tenía de llamarlo cuando necesitaba ayuda.

Cerró los ojos con fuerza. Grey se negaba a llorar. No ayudaría en nada y solo le haría tener todavía más morriña.

Lo único que quería era irse a casa. Con solo pensar que tenía que jugar más partidas en el día le daban ganas de llorar. No quería jugar más. Ni hoy ni mañana ni nunca.

Si conseguía salir del juego, no volvería a jugar en la vida. Y los líderes no piensan así; los líderes eran como Hazel: totalmente decididos a ganar y con una confianza infinita.

Finn sí que habría sido un buen líder. Y le habría encantado hacerlo. Si por lo menos estuviese aquí, con Grey, probablemente ya se habrían colocado entre los veinte mejores.

Pero Grey no era como Finn. Grey se veía a sí mismo como el secuaz de su amigo, y no le importaba lo más mínimo. Para él fue fácil sugerirle a su escuadrón que fuese más agresivo. Pero otra cosa muy distinta era encargarse de que lo hicieran.

Tendría que decirles que no podía.

—¿Grey? —La voz de Kiri le sorprendió desde atrás.

Se secó los ojos al darse cuenta de que, a pesar de sus esfuerzos, se le habían escapado un par de lagrimillas.

—¿Sí?

Kiri salió de detrás de los árboles, parándose en cuanto le vio. Si había visto las lágrimas, no dijo nada en absoluto. Lo único que hizo fue sentarse junto a él. Hubo un momento de silencio antes de que dijera:

—Echas de menos tu casa, ¿verdad?

Grey se encogió de hombros.

—Yo también —dijo Kiri—. Es terrible. Nunca había estado tanto tiempo lejos de mi casa. Ni de mi familia ni de nadie.

Grey tragó saliva. Aunque ella estuviese admitiendo su propia nostalgia, él no quería hablar sobre la suya.

—¿Ah, sí?

Kiri asintió.

—A quien más echo de menos es a mi madre, pero también todo lo demás. En el cole por fin me iba bien, y a este paso me voy a perder las pruebas de netball. También echo de menos cosas del mundo real, como la comida, la naturaleza, los animales…, incluso el ruido.

Puede que Grey no fuese el único que lo estuviese pasando tan mal.

—¿Tenías alguna mascota?

—Un gato —respondió Kiri—. Un gato callejero naranja al que llamamos Carrot. Me seguía a casa desde el colegio, hasta que acabamos adoptándolo. ¿Y tú?

Grey negó con la cabeza.

—Pero siempre he querido un perro. Aunque mi madre es alérgica.

—Qué chungo —dijo Kiri.

Luego se hizo otro silencio largo. Grey no tuvo intención alguna de romperlo. No entendía por qué estaba allí Kiri si no iba a decir nada más. Pensó que intentaría convencerlo para que fuera el líder. No sabía si quería que ella lo hiciese o no, o si iba a ser capaz de persuadirle.

—¿A que no sabes lo que más echo de menos de mi madre? —dijo Kiri después de varios minutos callados los dos.

—No —admitió Grey.

—La echo de menos animándome. —Kiri soltó un largo suspiro mientras estiraba las piernas—. Venía a todos mis partidos y se creía que yo era una especie de superestrella. Me decía que algún día llegaría a estar en las Olimpiadas. Y, cuando perdía, nos íbamos a pillar comida india para llevar y me decía que ya ganaría el siguiente. Mi madre me hacía sentir que yo podía con todo… Ojalá pudiese oírle ahora decir eso.

A Grey se le hizo un nudo en la garganta y sintió una punzada de lágrimas pinchándole los ojos. Se parecía mucho a lo que hubiese hecho su propia madre.

—Si nuestras madres pudiesen vernos luchar —siguió diciendo Kiri—, ¿crees que nos dirían que somos unos paquetes o crees que nos animarían? ¿Querrían que nos rindiésemos ante Hazel o que lo diésemos todo?

Así que este era el plan de Kiri. Qué lista era.

Grey podía imaginar exactamente lo que su madre le diría de todo esto. Le diría que luchara. Le diría que podía hacerlo, aunque él pensara que era incapaz. Se imaginaba la sonrisa en el rostro de su madre si le decía que él era el líder del escuadrón. Ella le diría lo bueno que iba a ser en eso.

Grey apoyó la cabeza en el tronco del árbol, mirando al cielo a través de las hojas de mentira.

—¿De verdad queréis que sea yo el líder?

—Sí —dijo Kiri—. ¿Puedo preguntarte una cosa?

—Claro.

—En todo el tiempo que llevas aquí, ¿cuántas veces se te ha ocurrido algo, pero no dijiste nada? —Kiri se giró y le miró directamente, con sus ojos negros escrutándolo.

Grey se encogió de hombros. Porque no era capaz de contarlas todas.

—Me da la sensación de que son muchísimas. Puede que cientos de veces. —Kiri le dio un golpecito en el hombro—. Pues hoy no te guardaste esas ideas para ti mismo, ¡y mira lo que ha pasado! A veces no es cuestión de cuánto tiempo lleves jugando, ¿vale? Tú tienes ideas que a Tristan y a Ben no se les han pasado por la cabeza a pesar de todo el tiempo que llevan aquí. No tengas miedo. ¿Y si eso es lo que necesitamos para volver a casa?

—¿Y si es eso lo que nos hace quedarnos? —Grey se descubrió a sí mismo—: ¡Sería culpa mía! Y me odiaríais todos.

Kiri levantó las cejas.

—¿Eso crees?

—Es demasiada presión —contestó—. Y ya me he venido abajo después de una partida solamente.

—¡Qué duro eres contigo mismo! Era la primera vez que liderabas y lo hiciste de vicio. Es imposible que no vayas a mejor. —Kiri le dio un empujoncito—. ¿Qué tal si solo lo hacemos hoy? Tú nos convenciste para que intentáramos ser más agresivos en una partida. ¿Qué te parece ser el líder el resto del día? Tal y como tú dijiste, solo son cinco los puestos que nos importan. No podemos permitirnos tener miedo de probar tácticas nuevas.

Grey suspiró.

—Usas mis propias palabras contra mí.

—Es que eran buenas palabras. —Kiri le sonrió. Y algo en su sonrisa le hizo estar más tranquilo—. Las palabras de un líder. Nos dieron el valor necesario para hacer cosas diferentes.

Grey casi se pone a explicar que lo único que estaba era desesperado y nostálgico, pero todavía le daba mucha vergüenza. Aunque Kiri hubiese sido tan sincera con él. Pero, sobre todo, se podía imaginar a su madre diciéndole que lo intentara. Ella no querría que se rindiera. Creería en él. A lo mejor, si se ponía a pensar en eso en lugar de echar de menos su casa, tendría la motivación que necesitaba.

—Hoy —dijo Grey—. Lo haré hoy y a ver qué pasa.

—¡Excelente, colega! —Kiri se levantó de un salto—. Voy a contárselo a los demás. Tú sigue aclarándote las ideas.

—Vale. —Grey vio cómo se iba y sonrió tímidamente. Kiri era una buena compañera de escuadrón. Estaba encantado de contar con su apoyo, aunque él todavía estuviese de los nervios por ser el líder. Intentó centrarse en que solo sería por un día. Por un día sí podía estar al mando.

¡Un minuto para que empiece la próxima batalla!, dijo la voz que a estas alturas ya era tan familiar.

Grey cerró los ojos y reunió cada gramo de valor que pudo encontrar en su cuerpo. Se imaginó a su familia animándole, como si pudiesen verlo desde donde fuera que estuviesen en aquel momento. Aunque la idea le hacía sentir nostalgia todavía, también le animaba. Puede que así pudiese usarlo como motivación en vez de reprimirlo.

CAPÍTULO SIETE

Grey no podía evitar estar atacado ante su segunda partida del día. Cuando solo estaba al mando de una partida, una por la que nadie apostaba, no había ido tan mal. Pero ahora todos pensaban que lo haría fenomenal.

Estaba bastante seguro de que morirían todos a la primera por culpa suya.

«Solo es un día». Grey tendría que aplicárselo en cada batalla.

—¿Dónde vamos? —preguntó Ben.

Se percató de que los demás esperaban que él tomara las decisiones, y no tenía ni idea. Así que salió con lo primero que se le vino a la cabeza:

—¿Qué os parece si volvemos a Balsa Botín? Así podemos intentar descifrarla. Está muy cerca de todas las zonas que frecuentan los mejores jugadores.

—Bien pensado —dijo Tristan—. Yo puedo guiar por la casa de la isla.

—Eso sería estupendo. —Grey estaba especialmente sorprendido de todo el apoyo que le estaba dando Tristan. Al principio, no había ni querido que estuviese en el escuadrón, y ahora estaba encantado de enseñarle los entresijos de ser un líder.

Grey no sabía qué quería decir eso, pero le daba igual.

Cuando se abrió el Autobús de Batalla, respiró profundamente por última vez para llenarse con toda la fuerza necesaria antes de las luchas venideras.

—¡Saltamos en tres, dos, uno!

Grey salió volando por el aire. Estaba feliz por haber elegido Balsa Botín porque, al ser la superficie de agua más grande además de los océanos, era un lugar fácil de divisar. Imposible no verlo. Cuanto más cerca llegaran, más fácil sería ver la casa en medio del lago. Usó su ala delta para dirigirse al tejado.

—¡Tenemos compañía! —gritó Ben cuando aterrizaron allí.

Efectivamente, cuando Grey miró hacia arriba, vio un escuadrón entero con sus ala deltas justo detrás de ellos. No parecía que fuese Hazel, pero no podía asegurarlo al cien por cien porque ella y sus colegas de escuadrón se habían cambiado de traje.

—¡Encontremos las armas antes que ellos! —contestó inmediatamente Grey. Seguro que había armas por ahí tiradas que no estaban en los cofres. A veces no eran precisamente las mejores, pero en las últimas semanas había aprendido que tener un arma, del tipo que fuese, marcaba una diferencia abismal al principio.

—¡Por aquí! —dijo Tristan.

—Tenemos que dispersarnos —explicó Grey—. Ben, llévate a Kiri contigo por el otro lado. Pillad suministros.

—Hecho. —Ben y Kiri se alejaron y se fueron escaleras abajo mientras Tristan y Grey despejaban la buhardilla. Había un fusil de caza tirado en el suelo y dejó que lo cogiera Tristan. Él pudo hacerse con una minipistola y munición, y encontraron un cofre con una escopeta, poción de escudo y vendajes.

Y todo eso justo a tiempo, porque ya habían empezado a llegar los disparos y habían herido a Tristan. Grey se giró. Parte del escuadrón había construido hasta el tejado y estaban justo por detrás de ellos. Abrió fuego con la minipistola, saltando por todas partes para que les fuera más difícil a sus adversarios apuntarle. La minipistola escupía la munición rápidamente, de forma no muy precisa, pero de cerca acribillaba a sus enemigos.

Tristan disparó unos cuantos tiros más, y los jugadores derribados dejaron a su merced sus mochilas.

Tú has eliminado a Petra.

Tristan ha eliminado a Eric.

—Bien —dijo Grey, completamente acelerado por la adrenalina. Todavía se oían disparos en la zona, aunque no podía ver a ningún enemigo—. Ben, Kiri, ¿estáis bien, tíos?

—Necesitamos ayuda —respondió Ben.

—Están encima de nosotros —añadió la chica—. Nos están hiriendo.

—Por aquí, Grey. —Tristan le llevó escaleras abajo hasta donde estaban sus colegas de escuadrón, que habían conseguido protegerse de los enemigos que quedaban.

Grey le tiró sus vendajes a Ben y a Kiri para que los usaran, ya que a él no le habían herido demasiado. Había usado toda la munición de su minipistola en la pelea de arriba, pero todavía tenía la escopeta.

—¿Qué habéis cogido vosotros?

—Unas cuantas granadas propulsadas y un par de fusiles de asalto básicos —dijo Kiri—. Uno de ellos debe tener un arma púrpura o naranja, porque solo me dio una vez, pero casi acaba conmigo.

—Vale, seguidme —ordenó Grey usando una poción de escudo pequeña. Usó la herramienta Editar para abrir una puerta en el muro al que estaban disparando. Alzó su escopeta e intentó apuntar a su oponente, pero la chica se escabulló detrás del muro del fondo. Grey asaltó su posición, decidido a acabar con ella.

Los dos jugadores estaban en la habitación contigua y Grey abrió fuego. Oyó el sonido de alguien poniendo una trampa.

—¡No entréis! Han puesto trampas.

Los disparos llegaron desde detrás y, en un momento, los jugadores habían sido eliminados. Dejaron dispersos sus suministros, pero Grey tenía que tener cuidado y destruir la trampa antes de entrar. Tal y como Kiri había adivinado, uno de ellos tenía un arma púrpura. Dejó que Ben se la llevara.

Con aquel escuadrón neutralizado, podía saquear de arriba abajo el resto de la casa y la isla. Ahora que estaba en la misma zona en la que Tae Min se había apostado en la partida anterior, no le daba la sensación de que fuese tan idílica como él había pensado. Estaba totalmente en campo abierto y, si no se hubiese quedado paralizado, podría haber encontrado la forma de acabar con alguien que se hubiese puesto allí. Sencillamente, Grey no estaba preparado. Necesitaba tener más experiencia y así saber qué hacer en cada situación.

Y esa experiencia la iba a adquirir con la práctica.

El ojo de la tormenta ya se estaba cerrando. Aunque Balsa Botín todavía estaba bien situada, estaba claro que la próxima tormenta probablemente haría que estuviesen en peor situación. Tenían que dirigirse al oeste, hacia Parque Placentero.

Grey construyó una rampa hasta el agua, que en realidad era un charco gigante por el que se podía caminar. Era muy inquietante estar allí, a la vista de todos en medio del lago, pero parecían estar solos después de haber derribado a aquel escuadrón. Solo al llegar a la orilla Grey vio a un jugador en solitario, y Ben le derribó con unos pocos disparos.

Ben ha eliminado a Robert.

—Pobre chaval —dijo Ben—. Sigue sin progresar demasiado, ¿verdad?

—Verdad… —dijo Kiri. Robert era otro de los jugadores que había empezado con Grey y Kiri. Era un hombre mayor que ellos y, hasta el momento, nadie le había admitido en su escuadrón. Estaba en una de las posiciones más bajas de la clasificación, con una media de ochenta.

Cuanto más se acercaban a Parque Placentero, con más gente se encontraban. Y en esta ocasión Grey se arrepintió de no haberse hecho con más suministro de materiales. Teníán algo de madera, ladrillos y metal, pero no los suficientes. Empezaba a ver por qué Ben siempre decía que no le vendría mal tener más. Grey se había mal acostumbrado por culpa de la llama en la partida anterior, y no se dio cuenta del impacto que había tenido.

—Retrocedamos y atrincherémonos —dijo cuando otro escuadrón los hirió de gravedad. Se encerraron dentro de una estructura de madera para protegerse, pero aquello no iba a durar mucho—. Tenemos que reagruparnos.

—No van a dejar que nos larguemos así como así —dijo Tristan—. Estoy bastante seguro de que es el grupo de Hans. Le mola el traje de esqueleto.

El grupo de Hans era uno de los que Tristan había abandonado. Le habían dado rápidamente la patada el mismo día en el que no pudo mantener su clasificación a la par que el resto. Aún era un buen escuadrón, aunque solo tenían tres jugadores, que siempre estaban entre los treinta mejores puestos o más arriba.

—Bueno, pues tendremos que… —El sonido de un lanzacohetes hizo que Grey dejara de hablar y puso cara de pánico porque estaba seguro de que venía a por ellos.

Pero, para su sorpresa, su caja se mantuvo en pie.

—¡Hay otro escuadrón detrás de Hans! —dijo Kiri.

—¡Pues, entonces, vámonos! —Grey abrió una puerta en la parte de atrás de su caja, que a duras penas seguía en pie, y se fueron al norte lejos de la lucha. Podía parecer un movimiento cobarde, pero lo correcto no era siempre meterse en acción si sabías que no contabas con las herramientas suficientes. Necesitaban más botín. Más munición. Más materiales.

Solo entonces podrían tener una oportunidad para luchar.

Según Grey conducía a su escuadrón lejos del fuego cruzado, el sonido de la lucha se iba desvaneciendo. Supuso que esto quería decir que nadie los seguía, y se sintió aliviado.

Todavía tenían tiempo antes de que la siguiente tormenta redujese el mapa, pero por lo menos iban en la dirección correcta y no tenían que preocuparse por quedarse atrapados.

Al avanzar corriendo iban cortando árboles y tuvieron la suerte de dar con un cofre que tenía un par de botiquines, pudiendo así recuperar su salud.

Aún quedaban cincuenta y un jugadores en el mapa, pero Grey estaba seguro de que aquella cifra iba a menguar, basándose solo en la localización del ojo de la próxima tormenta. No había mucha gente que hubiese aterrizado en Chiringuito Chatarra o Lomas Lúgubres, con lo cual la mayoría tendría que darse prisa en llegar al extremo noroeste del mapa. Al contrario que en la batalla anterior, Grey ansiaba ser uno de los primeros escuadrones en llegar allí y no uno de los últimos.

Hans ha eliminado a Guang.

Hans ha eliminado a Mayumi.

Hans ha eliminado a Hazel.

Siempre se sentía mejor cuando su clasificación superaba a la de Hazel. Se había convertido en un punto de referencia para el rendimiento de su propio escuadrón. Ahora ya podía estar más tranquilo, sabiendo que habían vencido a Hazel en las dos partidas en las que había sido líder.

—Puede que en el estadio de fútbol quede algo de botín —anunció Tristan cuando llegaron a los alrededores de una gran estructura—. Cuando apareció por primera vez, sustituyendo al castillo, se hizo muy popular, pero ya no lo es tanto.

—Por intentarlo que no quede. —Grey no había estado allí demasiadas veces, pero necesitaban más botín y aquello estaba de camino.

—Normalmente hay un cofre en la zona de remolques —dijo Tristan.

Dieron la vuelta al edificio hasta llegar a una zona en la que había varios remolques aparcados en línea. En efecto, la parte de atrás de uno estaba abierta y allí había un cofre dorado. Las armas que contenía no eran mucho mejores de las que ya tenían ellos, aunque había una cama elástica y unas cuantas granadas lapa. Se reabastecieron de munición, pociones de escudos y vendajes según se adentraban en los pasillos del estadio. Pero el sitio no tenía lo que realmente ansiaba Grey: más madera para construir.

Podían abastecerse de ladrillos y metal, aunque estaba claro que no iban a conseguir más madera si se quedaban ahí. La zona era muy abierta y le recordó a Balsa Botín. Ese campo de fútbol tan grande le parecía una zona de peligro, pero, si tenías materiales, te podrías llegar a defender bien.

Grey quería seguir adelante, y cuando empezó la siguiente tormenta revisó el mapa para ver si la que venía después iba a estar en Chiringuito Chatarra o Lomas Lúgubres.

Pero el ojo estaba justo encima del estadio en el que se encontraban.

—Supongo que entonces nos quedamos aquí —dijo Ben.

—Pues sí —contestó Grey mientras rompía más metal. Era con lo que más costaba construir, pero era lo que tenían, y quería ahorrar la madera del inventario para cuando necesitaran construir más rápido. Además, no estaría nada mal que la base de su torre fuese de metal, si tenían tiempo para crearla.

El sonido de explosiones y de armas de fuego cada vez sonaba más cerca, así que Grey empezó a construir justo donde estaban, en las gradas del estadio de fútbol. Su escuadrón le siguió hasta lo más alto de la torre y, en el punto más alto, pudo ver de dónde procedía todo el barullo.

Estaban batallando en una construcción justo al sur del estadio.

Grey no era capaz de distinguir quién luchaba, pero aparecían rampas y muros a la velocidad del rayo. Por el aspecto poco convencional de la construcción, parecía que los jugadores la estaban usando para bloquear a sus adversarios en un intento por llegar hasta un terreno más elevado.

Normalmente, Grey se limitaría a observar y esperar a ver quién de los dos bandos ganaba, pero hoy sabía que tenía que dejar de echarse atrás y llevar la iniciativa.

—Vamos a entrar —dijo mientras empezaba a construir suelos por encima del campo de fútbol que los llevaran hasta la batalla de construcciones que se libraba en el cielo. A lo mejor esta vez, en lugar de quedarse paralizado, podía meterse de lleno en esta batalla.

CAPÍTULO OCHO

¿Estás mal de la cabeza? —gritó Ben mientras seguían a Grey hacia el puente en el aire que acababa de construir. Ya estaban al menos a cinco pisos de altura y no se acercaban ni de lejos a la de la batalla de construcción que tenían delante.

Grey empezó a construir rampas para ganar más altitud.

—¿Seguramente?

—¡Deja de flipar y dispara! —dijo Tristan—. Estamos a tiro y ellos están centrados los unos en los otros.

—¡Que sí! —dijo Ben mientras sacaba su escopeta.

Los jugadores saltaban de un lado a otro de su torre y Grey casi se alegró de ser el que construía, porque estaba seguro de que erraría todos los tiros. Pero sus compañeros de escuadrón dispararon en cuanto pudieron, y sus oponentes supieron en aquel momento que aquella batalla había pasado a ser de tres.

Les devolvieron los disparos y Grey tuvo que construir unos cuantos muros para protegerlos. Conectó a toda mecha su puente con la estructura de los otros escuadrones; así podrían tener algo a lo que saltar si los suelos que tenían debajo de ellos se derrumbaban por el tiroteo.

—¿Dónde están esas granadas lapa? —preguntó Grey.

—¡Aquí! —dijo Kiri mientras arrojaba una tan rápido como pudo hacia los muros que estaban por encima de ellos.

Cuando explotó, abrió un agujero que dejó expuestos a los jugadores que estaban arriba. Tristan disparó varias veces y uno de ellos cayó de rodillas.

—¡Lanza más! —insistió Grey.

Kiri usó todas las granadas lapa que tenía, y pronto hubo agujeros por todas partes. Cuando dejaron de remendarlos de manera inmediata, Grey se dio cuenta de algo vital: sus enemigos se habían quedado sin materiales.

Y eso quería decir que su escuadrón y él estaban en situación de superioridad si eran capaces de construir lo suficientemente bien. Solo le quedaban cuatrocientas unidades de madera, y empezó a construir hacia arriba. Mientras el escuadrón de Grey no estuviese en la zona alta, su extraña posición justo debajo del enemigo hacía que les resultara especialmente difícil disparar cuando todavía había jugadores ahí arriba con los que lidiar.

Lorenzo ha eliminado a Diana.

La mochila se abrió por encima de ellos, y Grey supo así que era una eliminación local. Vio cómo explotaba una granada propulsada, y un jugador salió volando de la gigantesca torre.

Lorenzo no resistió el aterrizaje.

Ese aviso de eliminación por «daño en la caída» siempre era particularmente embarazoso, pero Grey también pensó que era divertido. Solo parecían quedar dos o tres jugadores por encima de ellos, así que construyó alrededor para poder tener un buen ángulo de tiro.

Kiri ha eliminado a Veejay de un tiro en la cabeza.

—Pero ¿cómo haces eso? —dijo Ben—. ¡Todo el rato!

—Todo el rato, no —contestó Kiri.

—¡Subamos! —gritó Grey mientras comenzaba a usar las rampas. Con solo dos jugadores en pie, parecía el momento ideal para llegar hasta el punto más alto. Probablemente, los enemigos que quedaban no tenían la salud llena después de una lucha tan larga.

La tormenta estaba empezando a rodearlos de nuevo, y necesitaban un respiro antes de ponerse a luchar otra vez si lo que querían era sobrevivir. Grey cambió a un arma nada más terminar de construir una rampa más alta que la de sus enemigos, y disparó cuando el que llevaba un traje de Triceratops intentó esconderse.

Tú has eliminado a Anya.

—El otro está descendiendo para ponerse a cubierto.

Grey reaccionó instintivamente: saltó un par de pisos abajo para encontrar al jugador. No quería perder esta eliminación. Para su sorpresa, la persona colocó una cama elástica en un muro cercano y se abalanzó sobre ella. El chaval salió volando de la torre y hubo un momento en el que Grey pensó que el tío se había eliminado a sí mismo, pero entonces recordó que esas camas elásticas hacían que el daño por caída no existiese, y se dio cuenta de que no había sido más que un intento de huida.

Así que él también usó la cama elástica.

Sus compañeros de escuadrón le gritaron, aunque él estaba demasiado concentrado como para prestar atención a sus palabras. Salió disparado de la torre como un cohete, y hubo un momento en el que le dio pavor pensar que aquello había sido una mala idea. Entonces se colocó de tal manera que pudiera apuntar al chico, que había aterrizado en el campo de fútbol. Disparó un par de veces desde el aire, errando el primero, pero dando de lleno a su oponente en el segundo.

Los suministros brillantes que salieron del avatar cayeron al suelo.

Tú has eliminado a Julio.

—A ti se te ha ido la olla del todo, ¿no? —La voz de Kiri resonó en los oídos de Grey, aunque no estaban cerca el uno del otro.

—Vosotros queríais que yo fuese el líder —dijo él mientras miraba las cosas de Julio. Tal y como había intuido, no había ningún material, pero vio varias camas elásticas, un lanzagranadas sin munición y un par de pociones de escudo pequeñas que no tenía tiempo de usar. Grey lo cogió todo. Le había encantado el truco de la cama elástica. Nunca antes había pensado en usarlas así, pero ahora su mente estaba acelerada considerando todas las nuevas posibilidades.

—Vamos a por ti —dijo Ben, y usaron todos la misma cama elástica para descender de la torre con seguridad.

Mientras bajaban, Grey le echó un vistazo al mapa para ver dónde iba a encoger la tormenta a continuación. Se dio cuenta, como líder, que ya pensaba más sobre esta parte de la batalla. Cuando Ben lideraba, prestaba mucha menos atención al posicionamiento y a lo importante que era estar siempre al tanto de dónde estaba la tormenta.

—El círculo está acercándose a Chiringuito Chatarra —dijo Grey—. Sigamos moviéndonos. Porque después de esto ya no me quedan materiales.

—Yo también ando corto —dijo Tristan.

—A mí no me queda nada —añadió Ben.

—Tomad los míos. —Kiri les dio toda su madera. Solo eran un par de cientos, pero era mejor que nada. Grey la cogió y se dirigieron a la siguiente zona. Estaban otra vez entre los treinta mejores. Y eso le hizo sentirse bien.

En la tormenta se perdieron la friolera de diez personas cuando esta se acercó a Chiringuito Chatarra, lo que demostraba lo difícil que era hallar una buena zona. Grey se imaginó que algunos del otro lado del mapa se habían pasado la batalla entera intentando quedarse dentro de la zona segura. Ellos habían tenido batallas así. Y eran una mierda.

Solo quedaban dos personas en Chiringuito Chatarra y, con todo un escuadrón a su disposición, Grey no tuvo demasiados problemas para eliminarlos. Después de hacerlo, pudieron volver a abastecerse de objetos y destruyeron todo cuanto encontraron para conseguir materiales, mientras Kiri vigilaba que nadie se adentrara en su zona. Había encontrado un porta-fortalezas y se había encaramado en él, mientras los demás se abastecían por debajo.

La tormenta empezó a cerrarse, y los materiales de Grey estaban casi al cien por cien cuando Kiri gritó desde su puesto de francotiradora:

—¡Tenemos una visita importante! ¡Están luchando entre ellos!

—Tú quédate ahí —dijo él—. Iremos hasta allí para ver quién está a tiro.

—¡Suena que te mueres! —dijo a la vez que abría fuego.

Grey siguió la dirección de sus disparos y, en efecto, estaban empezando a edificar en el límite de la nueva zona segura.

—Tristan, construye rampas hasta allí arriba.

—Perfecto. —Tristan empezó a construir rampas, añadiendo unos cuantos muros de contención en caso de que alguien intentara destruirles su construcción desde abajo. Grey había encontrado algo de munición para su lanzagranadas, y lo usó a discreción para interrumpir la lucha y las construcciones que estaban delante de ellos.

El sonido de un lanzacohetes llegó hasta sus oídos y dijo:

—¡Necesito una plataforma de lanzamiento!

—¡Ahora mismo abro una! —contestó Ben.

La puso en el suelo que Tristan acababa de construir y Grey se lanzó sobre ella. Saltó hacia el aire y desplegó su ala delta. Recibió un par de disparos, pero los absorbió su escudo. Había varios jugadores construyendo y luchando, y todo era una locura.

Grey no estaba seguro de si sobrevivirían, pero quería derribar a tantos como pudiese. Sacó la minipistola ahora que disponía de muchísima munición para ella y empezó a disparar sobre todo lo que estuviera a su alcance. La gente y los muros iban siendo derribados, y Kiri remataba a cualquier jugador que cayera de rodillas.

Pero a Grey casi no le quedaba escudo, y ahora sí que le habían herido a pesar de haberse atrincherado. A Tristan y a Ben no les estaba yendo mucho mejor.

—Puede que hasta aquí hayamos llegado, tíos —dijo Grey intentando usar un vendaje. Alguien le interrumpió rompiendo la pared y disparándole.

Estaba oficialmente derrotado.

—¡Nos vamos con un halo de gloria! —dijo Ben mientras le derribaban a él también.

—Pero nos llevamos a cinco más con nosotros —añadió Tristan.

La visión de Grey pasó a ser en blanco y negro y el contenido de su mochila se desperdigó alrededor de él. Había terminado en el puesto decimoquinto en esta batalla. Mejor que en la anterior. Kiri llegó al puesto diez desde su posición de francotiradora antes de que Tae Min volviese a acabar con ella. Era como si el chico quisiera que todo el mundo supiese que todavía quedaba un francotirador mejor que ella.

La batalla no tardó mucho más en terminar, y, cuando Grey apareció de nuevo en el bosque de la zona de prácticas, sonrió.

Puesto decimoctavo en la primera partida.

Decimoquinto en la segunda.

A lo mejor no era tan malo liderando. No esperaba que la cosa saliera tan bien siempre, porque la gente estaría más prevenida y les tomarían más en serio, pero se sintió bien al comenzar el día entre los veinte mejores.

CAPÍTULO NUEVE

Cuando el día llegó a su fin y Grey se puso en la fila de clasificaciones, no podía apenas creerse la cantidad de puestos que había escalado. Había conseguido varios trajes nuevos, incluyendo algunos de cuerpo entero por haberse quedado entre los veinticinco primeros. La Administradora apareció y continuó con su discurso habitual, pero Grey solo era capaz de mirar al tablón de clasificaciones que estaba detrás de ella.

Había subido cinco puestos. Eso era mogollón para haberlo hecho en un solo día.

Todos los de su escuadrón lo habían hecho igual de bien. Tristan desbancó de su puesto a Hazel, y el resto del escuadrón estaba mezclado con el de ella. Si pudiesen tener al menos un par de días más como aquel, superarían al escuadrón de Hazel de manera absoluta.

Grey estaba tan distraído que no se dio cuenta de que la Administradora había desaparecido. Hasta que no vio la cara de mala leche y el pelo verde no se percató de nada.

Hazel le agarró del cuello de la camisa.

—¿Cómo lo haces, mequetrefe?

—¿Hacer el qué? —preguntó Grey. Puede que hubiese ganado confianza en el campo de batalla, pero estar frente a frente con Hazel era otra cosa totalmente distinta.

—¡Ya sabes el qué! —le sacudió la chica. No tenía miedo de que ella le hiciese daño, porque el dolor no formaba parte de esta realidad virtual, pero nunca era capaz de encontrar las palabras adecuadas cuando alguien se mostraba tan agresivo—. ¡Las clasificaciones! ¿Tenéis un truco? ¡Seguro que habéis hecho trampa!

Grey abrió los ojos de par en par:

—¡No hemos hecho trampa!

—No me mientas. —Hazel le empujó. Su mirada era lo suficientemente aterradora como para sacarle la verdad a cualquiera—. Cuéntanoslo todo o te juro que me chivo.

—¡Que no hemos hecho trampas! —Kiri se puso de un salto ante Grey, con un valor inusual teniendo en cuenta que estaba delante de Hazel—. Solo hemos intercambiado nuestros papeles.

—Sí, claro. —Hazel se puso las manos en las caderas—. No se puede mejorar de esa manera en un solo día cambiando de papeles.

Grey suspiró. Tendría que haber sabido que hacerlo bien no era suficiente. En lugar de respeto, lo único que consiguieron era que los acusaran de hacer trampas. Todos en el almacén le estaban mirando. Aquello era precisamente lo que más temía: que la gente fuese consciente de la subida de su escuadrón en las clasificaciones y que al día siguiente no tuvieran tanta suerte. A lo mejor era un buen comienzo, pero mañana y pasado serían la prueba definitiva.

—Kiri, vamos a entrenar —dijo Grey.

—Pero… —Kiri le miró como si fuese incapaz de creer que no fuera a defenderse.

Grey sacudió la cabeza. No quería que nadie supiese que era él quien había asumido el liderazgo. Con que lo sospecharan ya era suficiente. Todos podían ver que su recuento de muertes había subido. Puede que algunos se quedaran observando el escuadrón de Grey después de haber sido eliminados.

—A practicar.

—Vale —dijo mirando a Hazel.

—Me voy a chivar —dijo Hazel—. ¡Habéis hecho trampa!

Ahora fue Ben el que intervino:

—Pues chívate. La Administradora lo revisará todo y te demostrará que te hemos ganado de manera justa y honrada. No tenemos nada que esconder.

Hazel cruzó los brazos.

—Eso ya lo veremos.

Grey pasó de la situación y siguió andando. No le gustaba nada llamar la atención. Tampoco le molaba que le llamaran tramposo, pero sabía que lo que Ben había dicho era verdad. No habían hecho trampas. Y, si Hazel quería chivarse, sería una total y absoluta pérdida de tiempo para ella.

La idea de que pudiesen informar sobre ellos le puso nervioso. Quizá no había hecho trampas, pero el consejo de Tae Min había sido un catalizador clave en su mejora. Mucho más de lo que Grey jamás había imaginado. El que Tae Min los animara hizo que él cambiara su manera de verse a sí mismo y le animó a probar tácticas nuevas.

Y luego Kiri le subió la moral. Le había ayudado a superar su nostalgia y a usarla como motivación y no en detrimento propio. Sin cualquiera de ellos, Grey no lo hubiese hecho ni la cuarta parte de bien de lo que lo había hecho hoy.

Y eso no era hacer trampas, ¿no? La Administradora debía tener informes de eso, así como de todo lo que pasaba en las batallas.

No podía ser considerado algo malo. La Administradora ya había dicho que entrenar y compartir estaba permitido dentro de las horas señaladas. A él le habían dado un empuje para mejorar al igual que a la mayoría de la gente que estaba allí, de una manera u otra. Hazel tenía mal perder, y no podía esperarse nada mejor de ella.

—No le des la más mínima importancia a Hazel —dijo Ben cuando alcanzó a Grey—. La gente se chiva, pero la

Administradora es justa y pocas veces ha existido un caso de trampas de verdad.

—¿En serio alguien hizo trampas? —dijo Kiri sorprendida—. Y ¿cómo demonios pueden llegar a hacer trampas en una realidad virtual? Supongo que de la misma forma que se piratea un ordenador…

—Encontraron un virus —dijo Tristan—. Y, en vez de decírselo a la Administradora, se aprovecharon de él. Fue en la primera temporada que estuvimos aquí. El tío estaba entre los cinco primeros, pero le sacaron de la clasificación dos semanas antes de que acabara la temporada. No pudo remontar a tiempo sin su trampa. De todas maneras, volvió a casa en la temporada tres.

—¡Qué locura! —dijo Kiri.

—Pues sí —coincidió Ben—. El resto de las veces que alguien se ha chivado, resultaron ser jugadores arrogantes que no soportaron ver cómo mejoraban los demás.

—Tengo más ideas que practicar. —Grey estaba decidido a mantenerse centrado. Después de liderar cinco partidas, había visto algunos fallos en su juego que se podían solucionar—. Kiri, tenemos que enseñarte a bloquear el fuego enemigo con muros y rampas. Algunas veces no podemos protegerte. Dependes demasiado de nosotros.

—Va… vale —dijo Kiri, sorprendida por el radical cambio de tema.

—Te convertirá en una jugadora aún mejor —dijo Grey mientras entraban en el almacén de prácticas. Agarró un montón de camas elásticas—. Y el resto tenemos que practicar con estas de aquí.

Tristan le miró escéptico.

—¿Por qué con estas? Son totalmente circunstanciales.

—Yo creo que no —insistió Grey—. No las hemos usado al máximo de su potencial. También pueden ayudarnos a mejorar la puntería.

—No sé a qué te refieres —dijo Ben cogiendo un surtido de armas—, pero teniendo en cuenta cómo nos ha ido hoy no voy a discutir contigo.

—La mayoría de los tíos con los mejores puestos disparan en el aire, mientras están en movimiento o al rebotar en una de estas —explicó Grey—. Perdí muchas oportunidades de disparar porque no había pensado en hacer eso. Tenemos que mejorar la puntería mientras hacemos batallas de construcción o con estas camas elásticas si queremos seguir compitiendo. Venga, cojamos todos algunas para usarlas unos contra otros.

—Vale —dijo Tristan—. Pero si nos quedamos atrapados aquí otra temporada, por favor, no esperes tres semanas para hablarnos de todas estas ideas tan buenas.

Grey se sintió un poco culpable.

—Lo siento. No estaba seguro de que ninguna de mis ideas fuese buena.

—Bueno, ahora tú… —Ben se detuvo, con los ojos puestos en algo que había detrás de ellos.

Grey se giró y, para sorpresa de todos, vio a Hans y su escuadrón. Estaban observando directamente a su equipo, así que no estaban en el almacén exclusivamente para abastecerse para las prácticas. Parecía que buscaran a Grey. Intentó que no le delataran sus nervios.

—¿Puedo ayudarte, Hans?

—Has jugado bien hoy —dijo Hans. Era un tío bajito, mayor que ellos, Grey calculó que tenía unos veintitantos. Era noruego, y lideraba su escuadrón, pero eso era todo lo que conocía de él—. Si sigues así, me gustaría invitarte a que practiques contra nosotros.

—Oh —fue todo lo que Grey pudo decir.

Debía aparentar estar tan sorprendido como se sentía, porque Hans sonrió.

—No estoy de coña. No todo el mundo es como Hazel. A mí me gusta la buena competición. Tú todavía eres nuevo, pero tu creatividad a la hora de construir es muy prometedora.

—Gra… Gracias —dijo Grey—. Nos encantaría practicar si crees que estamos a la altura.

—Si permanecéis un par de días más en vuestra clasificación —dijo Hans—, hablaremos, ¿vale?

—Claro. —Grey ya no sabía qué más decir mientras Hans y su escuadrón cogían armas, así que hizo un ademán a sus compañeros de equipo para que le siguieran fuera.

Según andaban hacia su lugar de prácticas habitual, Ben soltó:

—¿Eso ha pasado de verdad?

—Creo que sí —dijo Kiri.

—Es un gran cumplido —añadió Tristan—. Hans es superselectivo a la hora de escoger con quién entrena. Como sabéis, es capaz de echar a alguien de su escuadrón por no mantenerse a la altura. Prefiere tener solo a tres jugadores de élite que tener que lidiar con uno más debilucho.

Se refería a sí mismo.

—Tú no eres débil —dijo Ben, a pesar de haber sido él al que abandonó Tristan cuando dejó su escuadrón unas semanas antes.

—Sí lo soy, si me comparo con ellos —dijo Tristan—. Ahora soy capaz de admitirlo. Pensé que era mucho mejor de lo que era, pero también veo la posibilidad de mejorar. Aprenderíamos muchísimo entrenando con ellos. Yo solo en un día ya aprendí un montón.

—Sería de gran ayuda —dijo Kiri.

—Bueno, sin presiones —contestó Grey. Ya había muchas razones por las que quería llegar a los mejores puestos, pero esta se convirtió en una más. Sintió que los hombros le pesaban por la responsabilidad que llevaba sobre ellos. Lo único que le aliviaría sería practicar, y eso era exactamente lo que quería hacer.

CAPÍTULO DIEZ

Descansar no resultó ser tan reparador como normalmente era. Grey y su escuadrón habían pasado cada minuto que podían entrenando su puntería en movimiento. Grey trabajó con Kiri para que esta se sintiera cómoda construyendo sus propios muros para bloquear los disparos enemigos. Odiaba cambiar entre construcción y armas, pero mejoraría con la práctica. A lo mejor no la salvaba de Tae Min, pero cualquier ayuda era poca.

El día estuvo… bien.

Si Grey no se hubiese pasado un día entero terminando entre los veinte mejores en cada partida, habría estado orgulloso. Pero fue una jornada muy irregular. Y, tal y como se temía, la gente empezó a mirar a su escuadrón más seriamente. En vez de enemigos que se concentraban en sus propias batallas de construcción y contra los que Grey cargaba, ahora todos los equipos iban contra Grey.

El escuadrón de Grey estaba en los puestos treinta. Subían o bajaban de puesto solo venciendo al escuadrón de Hazel o perdiendo frente a ellos. Su puesto no mejoró en todo el día, sino que bajó un pelín.

Aquella noche Grey se fue a la cama frustrado, aunque todos los demás dijeran que lo estaban haciendo bien.

Cuando se reunieron en el almacén de batalla antes de las luchas del día, dijo:

—Cambiaos otra vez los trajes. En cada batalla si queréis.

Ben asintió:

—Eso parece ayudar.

Después de que en las dos primeras partidas del día anterior hubiesen ido todos a por ellos, eso fue lo que intentó Grey. No era perfecto, pero les ayudó a quitarse de encima a Hazel.

Eso no quería decir que Hazel no hubiese informado sobre ellos, tal y como prometió.

Cuanto más pensaba Grey en ello, más insultado se sentía. En lugar de que le vieran como a un tío que se lo estaba currando, todos cotilleaban sobre la posibilidad de que estuviese haciendo trampas. Él jamás haría algo así. Aunque tuviese todas las oportunidades del mundo para hacerlo.

Cuando apareció la Administradora al comenzar el día, Grey tenía los nervios a flor de piel. Tristan y Ben le habían dicho ya cómo eran las normas, pero aun así seguía teniendo la sensación de que acabaría metido en problemas.

Habían mejorado a un ritmo «inusual». ¿Y si había estado haciendo trampas y no lo sabía? En este lugar, todo parecía posible.

—¡Bienvenidos al Día Vigesimotercero de batallas! —empezó la Administradora con su tono alegre. La sonrisa siempre era la misma. Daba igual qué noticias saliesen por su boca—. Todos los objetos siguen siendo los mismos, y las localizaciones del mapa también. Nos ha llegado un informe de acusación de hacer trampas, escrito por Hazel contra Grey, Ben, Tristan y Kiri. Se han revisado todas las imágenes de las batallas. Y los jueces han concluido que no ha habido ninguna trampa.

—¿Cómo? —gritó Hazel—. ¡Eso es imposible! ¡Eran una mierda hace tan solo unos días!

La Administradora se giró hacia ella:

—Aunque su mejoría es significativa, no se debe a ningún virus específico dentro del juego ni se han aprovechado de nada. Las grabaciones muestran que su escuadrón entrena prácticamente en cada momento libre que tienen. De hecho, se ha calculado que practican un treinta por ciento más que cualquier otro equipo. Esta fue la única diferencia significativa que pudimos determinar. Quizá sea una lección para el resto de los escuadrones, así que por eso la comparto con todos ahora.

—¿Tanto? —murmuró Ben—. No me había dado cuenta…

—Bah —resolló Hazel—. Menudo aburrimiento. Gracias, mamá.

—No soy tu madre —dijo la Administradora—. Os deseo a todos buena suerte en las batallas.

La Administradora desapareció y se condujo a todo el mundo al Autobús de Batalla antes de que pudieran decir nada más sobre el tema. Pero Grey se sintió mejor sabiendo que él tenía razón sin importar las quejas de Hazel. Le echó un vistazo al mapa para ver la ruta que cogería el autobús; estaba en el sur, y se movería solo a través de la parte baja del mapa.

—Seguro que las tormentas nos empujan al norte —dijo Tristan.

—O puede que hoy sea el festival de la lucha en el sur —añadió Ben.

—Vamos a Aterrizaje Afortunado —dijo Grey. Estaba muy al sur, pero le gustaba el sitio. El estilo le recordaba a algunos de los edificios que su familia y él habían visitado cuando fueron de viaje a Japantown en San Francisco. Pensar en eso le llenó de nostalgia, pero se dijo a sí mismo que tenía que luchar duro si quería regresar—. ¡Saltamos en tres, dos, uno!

Grey saltó del Autobús de Batalla y escaneó el cielo para ver a dónde se dirigían los demás jugadores. Muchos todavía iban a Pisos Picados, mientras que otros fueron a Señorío de la Sal y Latifundio Letal. Más al norte. Una posición más adecuada si el círculo de la tormenta se movía en esa dirección.

Pero Grey se empeñó en Aterrizaje Afortunado. Un puñado de otros jugadores también decidieron seguirlos, y su corazón se aceleró porque iban a poner a prueba enseguida sus prácticas de objetivos en movimiento.

—Ben y Tristan, id juntos a pillar armas —dijo Grey—. Kiri y yo haremos lo mismo. No tenemos tiempo de hacerlo todos a la vez.

—Bien pensado —coincidió Ben.

—Te sigo —dijo Kiri.

Grey aterrizó en el balcón de uno de los edificios marrón claro. Había una escopeta básica con munición en el suelo.

—Kiri, cógela.

Lo hizo y empezaron a correr al interior, aunque ya vio cómo otros jugadores entraban a través del tejado. Si pudiese ser él el primero en llegar al botín…

Empezaron los disparos y resultó herido. Grey se escondió tras una pared, maldiciendo porque en la habitación en la que estaba no había nada que pudiesen usar. Kiri permanecía junto a él, intentando disparar cuando se asomaban por detrás de la pared. Pero también le dieron, y ninguno de los dos tenía pociones de escudo o vendajes.

Grey rompió algunos muebles para conseguir materiales y construyó un muro para protegerse. Pero no duraría mucho.

—¡Sal fuera corriendo! ¡Vete a por Tristan y Ben!

Kiri empezó a correr y ambos salieron del balcón y en dirección hacia los puntos que indicaban dónde se encontraban Tristan y Ben. Pero los enemigos seguían tras ellos, y Grey oyó armas de fuego.

Sabía que esto no iba a terminar bien.

Corría justo detrás de Kiri, así que, si les daban, sería él el que recibiese el daño. Y así fue. Le derribaron. Kiri se paró, pero él gritó:

—¡Sigue corriendo! ¡Yo ya estoy!

Para su alivio, hizo lo que le había dicho. No tenían ningún recurso para hacer mucho más. No tenían materiales para hacer muros de protección. Ni armas con las que defenderse. Grey sabía que esto pasaría. Pero, cuando su visión empezó a cambiar a blanco y negro, sintió que no había sido justo en absoluto.

Lorenzo te ha eliminado.

Grey había muerto en el puesto noventa y cinco de la partida. Era su peor clasificación desde hacía días. Aunque ya se iba sintiendo muy animado al respecto —él había vencido al escuadrón de Lorenzo en varias ocasiones—, intentó ser el líder que necesitaba ser.

—No os preocupéis por mí, colegas. Haced lo que tengáis que hacer para conseguir el puesto más alto posible en la partida.

—Lo siento, Grey —dijo Kiri—. Me he quedado sin munición.

—Es algo que puede pasar. —Grey cambió a la pantalla de Kiri para poder ver todavía dónde estaba su escuadrón—. Os estaré observando e intentaré ayudaros en lo que pueda.

—Por lo menos tenemos suministros —dijo Tristan.

—Y además ahora sabemos que es el escuadrón de Lorenzo. Podemos lidiar con ellos —dijo Ben. Grey estaba contento de oírle hablar con más confianza. Ben llevaba asustado demasiado tiempo y no se daba cuenta de que eso le estaba frenando.

El escuadrón de Grey se deshizo del de Lorenzo. Fue una lucha cerrada y todos recibieron daño significativo, pero consiguieron finalmente salir de Aterrizaje Afortunado con vida.

La batalla no duró mucho más para ellos después de eso, porque se habían equivocado en la trayectoria de la tormenta. La siguiente zona segura era muy al norte, desde la mitad de Latifundio Letal hacia arriba. Casi no llegaron a tiempo, pero además había gente allí esperándolos. Con la salud con los niveles tan bajos, los eliminaron rápidamente.

Acabaron en las posiciones setenta.

—Lo siento, colegas. —Grey no dejaba de decir eso mientras todos esperaban a que terminara la batalla. Decidió ir a la pantalla de Hans para observarle, ya que igual no iban a conseguir entrenar con su escuadrón finalmente.

—No te castigues, hombre —dijo Ben—. Esto son cosas que pasan. Una mala partida no borra todas las buenas que hemos tenido últimamente.

Pero a él le parecía que sí. Y Grey deseó no tener que ser el primero del día cuando tuvieran que volver al almacén de batalla donde estaría el resto. De todas las cosas malas de estar atrapado en *Battle Royale*, probablemente lo que más odiaba era eso. En el juego normal, uno se iba de una batalla y seguía adelante. Ningún enemigo podía hablar con el otro. En esta realidad virtual pirateada, la gente podía restregarte tus derrotas por la cara.

—Con que ganemos una hoy —dijo Kiri—, cancelará todo lo demás.

—Sí, claro… —Grey se rio brevemente. Solo habían logrado una *Victoria Magistral*, y mucho se debió a la suerte. Estaban en el lugar perfecto, habían conseguido una llama y tenían las mejores armas.

—¡Puede pasar perfectamente! —insistió Kiri—. ¡Hemos estado a puntito mogollón de veces en el último par de días!

Grey suspiró. Kiri no dejaba de tener razón, pero era difícil imaginarse que ganaban después de una batalla en la que había quedado en el puesto noventa y cinco.

La partida terminó con el escuadrón de Hans consiguiendo vencer a Tae Min de manera extraña, y después todos aparecieron en el almacén de batalla.

En efecto, Lorenzo empezó a señalar a Grey y a reírse de él:

—¿Ves, Hazel? ¡Grey no hace trampas! ¡Puede que la que sea malísima seas tú!

—¡Cállate la boca! —le gritó ella—. Le eliminaste antes de que tuviese siquiera un arma, ¿verdad?

Lorenzo no dijo nada a eso.

—¡Pues entonces no cuenta para nada! —Hazel sacudió la cabeza—. Hazte el chulo por haberle derribado cuando al menos tengan algo con lo que defenderse.

Grey levantó una ceja. ¿Hazel le estaba... defendiendo? No lo parecía, pero sus palabras fueron las más agradables que jamás había pronunciado en lo que a él se refería. Aun así, no le apetecía quedarse allí.

—Vamos a entrenar, chicos.

Ben, Tristan y Kiri se miraron entre ellos en vez de moverse.

—¿Qué? —dijo Grey.

Kiri frunció los labios mirando alrededor.

—A lo mejor deberíamos hablar fuera. Es una cosa del escuadrón.

—Vale...

Por primera vez en varios días, Grey no fue el único que llevó al grupo fuera para practicar. Ahora era Kiri la que estaba al frente. Y, en vez de ir a la zona de prácticas, se fue al bosque que había al lado de los barracones. Todos se sentaron bajo un árbol. Y hubo un silencio tan largo que Grey empezó a sentir que estaba en serios problemas.

—¿Alguien puede decirme qué pasa? —preguntó.

—Estás estresadísimo, colega —dijo Kiri—. Simplemente, pensamos que igual necesitas un segundo para relajarte en lugar de tanto practicar.

Grey la miró.

—Ya oíste a la Administradora: nosotros practicamos más que nadie. ¿Cómo crees que hemos llegado hasta aquí?

—También hay una cosa que se llama entrenar demasiado —dijo Tristan—. Cuando estoy preparándome para una competición de escalada, me encantaría estar entrenando hasta que no pudiese moverme. Pero mi entrenador siempre me obliga a parar porque no quiere que agote mis fuerzas antes de una competición. Estás forzando mucho la máquina, Grey.

—Sí, tío —dijo Ben—. No estamos hablando de dejar de entrenar, sino de relajarnos un poco antes de la próxima batalla, ¿vale? Pensemos en algo más que no sea *Fortnite*.

—¿Como por ejemplo...? —Hasta para el propio Grey, su voz sonó estresada, lo que le quitó un poco las ganas de defenderse. Dejó escapar un suspiro, dándose cuenta de lo tenso que estaba. Pero no sabía cómo relajarse—. Nos jugamos mucho hoy, colegas. No podemos perder de vista el objetivo.

—Hablar de otras cosas no significa que no queramos ganar —dijo Kiri.

—Efectivamente —añadió Ben—. Yo lideraba antes que tú, ¿verdad? Sé a lo que te estás enfrentando. Yo también tenía la cabeza así… Y, hasta que llegaste tú, no me di cuenta de la presión a la que me estaba sometiendo a mí mismo. Y eso no me hacía jugar mejor. Jugaba peor. Os tenía a todos ahí, cagados de miedo, por culpa de mi estrés. ¿Acaso alguno lo niega?

Grey no contestó, pero estaba de acuerdo.

—Somos un equipo —dijo Kiri—. No tienes que llevar el peso tú solo. Todos queremos volver a casa. Nadie espera que seas solamente tú el que consiga que lo logremos… Todos tenemos una responsabilidad con la que lidiar.

—Sí —dijo Tristan—, así que deja de acarrear con todo ese peso porque no nos ayuda a ninguno.

Grey se quedó sin palabras, porque no pudo contestar enseguida. Se había echado a las espaldas el destino de cada uno, y fue muy bonito escuchar que ellos no creían que las cosas tuviesen que ser así. Todavía estaba estresado, pero sintió que podía respirar un poquito mejor.

—Gracias, chicos.

—Gracias a ti —dijo Kiri—, por hacernos trabajar tan duro y ser por tanto mejores.

Ben asintió.

—Todos hemos mejorado gracias a ti.

—Puede que seas un novato en este juego —dijo Tristan—, pero eres muy bueno descubriendo nuevas formas de mejorar las capacidades de cada uno rápidamente. Y tu conocimiento del juego solo mejorará.

Ben le dio un golpecito en el hombro a Grey.

—Y entonces serás imparable.

Grey sonrió. Era complicado verse a sí mismo como un jugador imparable.

—Se suponía que íbamos a hablar de algo que no fuese *Fortnite*.

—¡Es verdad! —dijo Kiri—. ¿Os cuento un poco de qué va el netball?

—Claro —contestó Grey.

Y hablaron, e incluso rieron. Durante un breve momento, Grey fue capaz de olvidarse de las batallas. Fue un pequeño regalo, y estaba feliz de haber hecho ese parón.

CAPÍTULO ONCE

El pequeño descanso acabó siendo precisamente lo que Grey necesitaba para centrarse. Su segunda batalla fue mucho mejor, y ganaron al escuadrón de Hazel por cinco puestos. En la tercera terminaron justo por detrás. En la cuarta, el equipo de Hazel acabó tan mal como el de Grey en la primera partida.

Así que todo dependía de la última batalla del día.

Grey todavía notaba que la presión podía llegar a consumirle, pero intentó respirar profundamente cuando aparecieron en sus asientos del Autobús de Batalla. Quizá no lo hicieran bien. A lo mejor el escuadrón de Hazel superaba al suyo. Puede que Hans no quisiera practicar con ellos. Pero Grey se dijo a sí mismo que todo estaba bien. Si habían logrado progresar así sin Hans, podían seguir mejorando pasara lo que pasara. Y, después, superar al escuadrón de Hazel sería algo totalmente natural.

Lo ideal era que todo eso pasara hoy, pero también podía ser mañana o al día siguiente.

Porque Grey no iba a dejar de luchar por volver a casa.

—Vayamos al estadio de fútbol y rotemos a Parque Placentero —dijo Grey observando el mapa. Puede que aún no tuviese el valor suficiente para enfrentarse con Pisos Picados, pero sentía que ya habían averiguado cómo luchar como para acercarse. Y, de todas formas, necesitaban practicar más las luchas multiescuadrón.

—Dispersaos y pillad todo el botín que encontréis. Nos reuniremos después.

—¿Estás seguro? —La voz de Kiri sonaba nerviosa. Odiaba estar sola.

—Puedes hacerlo —dijo Grey—. Pide ayuda si te metes en problemas.

—Vale. —Kiri respiró profundamente.

—Con suerte, puede que no haya demasiada gente allí —añadió Tristan—. Así podremos abastecernos bien antes de Parque Placentero.

Por lo menos, ese era el plan. El Autobús de Batalla se abrió y Grey saltó con su escuadrón. Se había acostumbrado a disfrutar de ese salto, un salto en silencio antes del fragor de la batalla. La isla tenía un aspecto tranquilo y apacible desde el aire, con sus praderas verdes y sus edificios que parecían de dibujos animados.

Grey desplegó su ala delta, dándose cuenta de que algunos jugadores más iban en la misma dirección que su escuadrón. Otros también se dirigían a Acres Anárquicos, que estaba al este del estadio de fútbol. Aunque le puso nervioso, se dijo a sí mismo que podían manejar la situación sin problemas.

Solo necesitaba conseguir un arma antes que ellos.

Desde el aire, divisó una entre las gradas. Se dirigió allí con la intención de aterrizar directamente sobre ella, aunque otro jugador estaba intentando hacer exactamente lo mismo. Grey le sacaba una pequeña ventaja, pero no lo suficiente como para darlo por hecho.

—Voy a por la escopeta. No os preocupéis por mí. Buscad armas.

—Sí, mi capitán —dijo Ben—. Veo un SMG. Te cubro.

—Iré por debajo de las gradas —continuó Tristan—. Uno se ha ido por ahí.

—Yo voy a por el cofre del remolque —dijo Kiri.

Grey aterrizó sobre la escopeta y munición, girándose inmediatamente para hacerle frente a su oponente. Recibió un hachazo en la cara, pero cargó la escopeta y disparó varias veces. El avatar de la mujer cayó al suelo de rodillas.

—Son dos por lo menos.

Tú has eliminado a Selena.

—¡Ah! —El grito de Kiri que se oyó por radio solo podía significar una cosa: que alguien la había encontrado.

—¡Salta y dispara! —dijo Grey—. ¡Vamos hacia allí!

Corrió entre las gradas, encontrándose con Ben por el camino. Había varios objetos por los pasillos y los recogieron según pasaban. El mejor era el paquete de explosivos C4, que podía volar media casa por los aires si era necesario. A Grey nunca le había tocado ninguno en las batallas. Lo guardó para cuando lo necesitara de verdad.

—¡No! ¡Lo siento! —La barra de salud de Kiri en el lado izquierdo de la visión de Grey estaba en rojo, y eso quería decir que le habían dado. Deseó correr más rápido, pero en el juego todas las velocidades se igualaban durante una batalla.

Ya se estaba empezando a arrepentir de haberles dicho que se dispersaran, cuando apareció un anuncio:

Tristan ha eliminado a François.

—Te di —dijo Tristan por los cascos. Cuando Grey salió del estadio, divisó una caja de metal en la que su compañero protegía a Kiri mientras la revivía.

—¿Vino directamente desde arriba? —preguntó Grey.

—Sí —dijo Tristan.

—Entonces, debían ser un dúo —dijo Grey con alivio—. Pero creo que hay uno más en solitario.

—¿Alguien ha cogido vendajes o botiquines? —preguntó Kiri.

—Yo tengo un botiquín —dijo Ben lanzándoselo a Kiri para que lo usara—. Ha estado cerca.

—Demasiado cerca —puntualizó Kiri.

Grey intentó alejar el sentimiento de culpa. Tenía que recordar que su escuadrón no esperaba que los mantuviese con vida todo el tiempo. Debían aprender a sobrevivir también por su cuenta, así como lo hacían en grupo. Kiri aún fallaba en eso, pero mejoraría con la práctica dentro y fuera de las batallas.

—Sigamos avanzando.

Despejaron el resto del estadio con facilidad, tropezándose con el último jugador de la zona, que se había hecho con un montón de botín mientras ellos luchaban. Se repartieron el botín, y todos acabaron con varias armas, pociones de escudo y vendajes. Además, Grey se hizo con más C4 y Kiri cogió un lanzagranadas. Tristan se llevó unas trampas y Ben cogió una plataforma de lanzamiento.

La primera tormenta iba a llegar en un minuto, pero ellos estaban muy bien situados dentro del radio de la zona segura, así que Grey no se preocupó demasiado por eso. Estaba más preocupado porque no tenían materiales. Si necesitaban construir para una batalla, en aquel momento estaban en una situación de desventaja total.

—Pillad madera —dijo Grey mientras derribaba árboles con su pico. Siempre parecía que se tardaba mucho en hacer eso, pero nunca se había arrepentido de tener más material a mano.

Cuando llegaron a los límites de Parque Placentero, era obvio que allí había varios jugadores. No solo por el sonido de las balas y las explosiones, sino por las construcciones y las casas saqueadas. Más que un tranquilo barrio residencial de las afueras parecía una zona de guerra.

—Hay dos en esa casa —dijo Tristan.

—Paso a las C4. —Grey arrojó una a la pared y la detonó. Aunque no le haría daño a ninguno de sus compañeros de escuadrón, sí que le haría daño a él si se quedaba en el fuego. Así que retrocedió y esperó con su arma a ver qué sucedía.

Las paredes de la casa explotaron, dejando una cavidad inmensa. Alguien salió de entre la explosión, y otro se arrastraba por el segundo piso. Kiri los eliminó primero, y luego todos corrieron dentro a hacerse con el botín y con los materiales que sus enemigos habían dejado.

Aunque la tormenta había encogido el mapa solo una vez, solamente quedaban treinta personas. Grey supuso que debía haber habido una pelea enorme en algún sitio, o quizá varias. Normalmente quedaba más gente con la que enfrentarse. Ellos solo eran responsables de cinco de esas eliminaciones, y Grey estaba deseando encontrarse con más soldados ahora que tenía materiales para batallas de construcción.

—¡Hazel está aquí! —gritó Ben mientras disparaba fuera a través de la ventana. Le hirieron—. ¡Qué manía les tengo a esas trenzas verdes!

—¡En el tejado! —Grey construyó un suelo y muros que salían de otra ventana. Se había enfrentado con el escuadrón de Hazel lo suficiente como para saber que no entrarían directamente a la casa. Construirían rampas hasta el segundo piso o incluso hasta el tejado para saltar sobre ellos desde allí.

Así que Grey construiría más alto y más rápido, o eso esperaba…

Porque en esta partida iban a ganar a Hazel. Tenían los recursos, y estaba decidido a asegurarse de que ella se enterara de que no había trampas de por medio. Grey se lo había currado un montón, y quería demostrar que eso valía muchísimo más que fardar, insultar o acusar a la gente que no se lo merecía.

Había disparos por todas partes, y era difícil evitar el daño, pero Grey alzó tantos muros como pudo para bloquear los impactos que le llegaban.

Su escuadrón también conseguía golpear al enemigo, pero no era suficiente como para rematar a ninguno. Cuando sonó la sirena de la siguiente tormenta, Grey se dio cuenta de que todo iba a ser aún más difícil, porque Parque Placentero no estaba en la zona segura.

Pensó en usar el resto de sus C4, pero tenía la sensación de que no era el momento adecuado.

Sonó un lanzacohetes que no procedía del escuadrón de Hazel. Grey divisó a un grupo al otro lado del campo de fútbol. Estaban construyendo por encima de ellos. Él no quería perder las eliminaciones ante otro escuadrón, pero decidió que tenía que actuar por instinto.

—¡Retirada! —gritó Grey—. ¡Lanzamiento de C4!

Lo lanzó detrás de él mientras se movían hacia el límite de la tormenta, detonándolo para impedir que nadie los siguiera. La construcción que habían hecho se desmoronó, pero como no era lo suficientemente alta, ninguno de sus enemigos recibió un daño fatal. Si se quedaban, todo iba a ir mal. Lo presentía.

No fue fácil salir, ya que los jugadores se disparaban unos a otros, pero su escuadrón usó muros como protección en su retirada.

La tormenta se cerró en Balsa Botín, y Grey quería ir por el sendero norte del lago en vez de intentar abrirse paso luchando con el ejército que se encontraba en Parque Placentero. Pero esa decisión haría que estuviesen expuestos a la tormenta unos instantes.

—¿Alguien tiene vendajes? —preguntó—. Porque vamos a pasar un ratito en la tormenta…

Todos contestaron que sí que tenían, y también se quedó sorprendido de que nadie le debatiese la decisión. Grey odiaba estar en la tormenta, aunque a veces fuese inevitable. Al menos en este sendero estarían en una buena situación para llegar a Balsa Botín, y esperó que tuviesen tiempo para recuperarse.

Hans eliminó a Jamar.

Así que el otro escuadrón de Parque Placentero era el de Hans. Grey se alegró de haberse ido. Parecía que Hazel sí que se había quedado a luchar contra ellos. Al menos eso quería decir que nadie los estaba siguiendo dentro de la tormenta.

Grey esperó a ver más eliminaciones del escuadrón de Hazel, pero no se produjo ninguna. En cambio, sí que hubo distintos avisos:

Tae Min ha eliminado a Hans de un tiro en la cabeza.

Tae Min ha eliminado a Mayumi.

Tae Min ha eliminado a Farrah.

Después de esos avisos, no volvió a aparecer nada durante un rato, así que Grey se imaginó que lo que quedaba del equipo de Hazel había puesto pies en polvorosa ante la presencia de Tae Min en Parque Placentero. No debía tener los recursos como para correr detrás de ellos, pero Grey ansiaba que eso cambiara cuando todos llegaran a Balsa Botín.

—Vienen cuatro desde Acres —dijo Ben cuando se aproximaban al lago. Acres Anárquicos estaba justo al norte de allí, así que no les sorprendió que muchos hubiesen aterrizado en aquel lugar en esta batalla.

Empezaron los disparos y Grey se alegró al ver a Kiri construir algunos muros de protección. Mientras, él construyó algunas rampas para llegar a una posición más alta y luego cogió su escopeta. Disparó desde arriba antes de que el otro escuadrón pudiese replicar con sus propios muros protectores.

—¡Lanzando granada! —anunció Kiri. El sonido no era ni por asomo tan fuerte como el de un lanzacohetes, pero aun así fue lo suficientemente alto como para que el otro equipo entrara en pánico. Los muros explotaron, y al menos un jugador había resultado eliminado.

—¡Aguantad la presión! —dijo Grey disparando hacia los débiles muros de madera que el otro equipo seguía intentando usar a modo de escudo.

—¿Cama elástica? —preguntó Ben.

—¡Claro!

Cuando Ben la preparó, todos rebotaron en ella y volaron cerca del equipo enemigo. Grey disparó varias veces en pleno vuelo, tal y como se había acostumbrado a hacer en las prácticas. Pudieron derribar a todo el equipo de Lorenzo, y les sentó bien tener a otro escuadrón por detrás antes de pasar a la siguiente fase.

Porque solo quedaban doce personas.

Y esas eran el escuadrón de Grey al completo, los tres que quedaban del equipo de Hazel, Tae Min y otras cuatro personas de las que no estaba seguro.

Grey no podía confiar en conseguir otra *Victoria Magistral* contra Tae Min, pero sí que quería vencer a Hazel.

La casa del lado norte de Balsa Botín ya estaba saqueada, así que se mantuvo alerta para ver si veía a los otros cuatro jugadores misteriosos que quedaban. No estaba seguro de si estaban en un escuadrón o no, porque no se acordaba de si los otros cinco mejores jugadores habituales ya habían sido eliminados.

Pero algo le dijo que en aquella casa había un jugador.

—Tris, ¿puedes comprobar la casa tú solo? Me da la sensación de que hay alguien escondido —dijo Grey—. Yo quiero asentarme en la isla de acampada.

—Claro. —Y Tristan se metió en la casa.

La pequeña islita para acampar, justo al norte de la isla con la casa grande, no estaba lejos de la orilla del lago. Grey, Ben y Kiri iban saltando mientras atravesaban el lago, atentos por si veían a sus enemigos.

—Kiri, tú vigila mientras nosotros construimos.

—Sí, colega —dijo Kiri.

Tristan ha eliminado a Robert.

—Me uno a vosotros —dijo Tristan.

—Ay, pobre hombre —comentó Ben—. Debe haber estado escondido ahí todo el rato. Supongo que así también se puede conseguir una buena clasificación.

—Aunque menudo rollo hacerlo así —dijo Grey.

Él y Ben empezaron a construir, mientras Kiri permanecía a su lado vigilando por su mira de vez en cuando. Grey se detuvo después de cinco pisos, porque quería guardar el resto de los materiales por si tenían que largarse al lago corriendo. Solo habían transcurrido unos días desde la última vez que había estado allí, pero ya se sentía mejor equipado, sin estrés, como le había pasado la vez anterior.

Además, le quedaban dos C4. Si existía un buen momento para usarlos, era en la siguiente pelea.

—Están levantando una torre en el lado oeste —dijo Kiri cuando Tristan se les unió. Kiri estaba viéndolo a través de la mira de su fusil—. Es el escuadrón de Hazel.

Grey ya tenía un plan. Era arriesgado, pero tenían los recursos para llevarlo a cabo.

—Ben, tú ponte a construir un puente. Vamos a ponerles un cebo para que se caigan, si podemos… tenemos que usar nuestras granadas y C4.

—Entendido. —Ben se puso a construir en la zona del lago. Usó rampas para protegerse y obtener más altura.

Tae Min ha eliminado a Rosita.

Tae Min ha eliminado a Junnichi.

Esos eran dos más de los jugadores misteriosos. Grey no tenía ni idea de dónde habían caído, pero suponía que debía ser por la zona de Parque Placentero del mapa, en base a la última localización de Tae Min.

Hazel ha eliminado a Hui Yin.

Y ese era el último jugador misterioso. Grey sabía que la atención del escuadrón de Hazel estaba ahora puesta en él, porque empezaron a abrir fuego y la edificación de Hazel se movía en su dirección. En vez de usar el francotirador, Kiri tenía preparado el lanzagranadas y estaba lanzando varias en dirección al escuadrón enemigo, intentando romper su puente.

Y, justo cuando todo indicaba que estaban a punto de ser eliminados, Grey vio cómo sacaban la plataforma de lanzamiento. Hazel, Sandhya y Guang volaron por los aires y desplegaron sus ala deltas.

Grey se hizo instintivamente con la construcción, llenándola de muros y con un tejado, esperando que Hazel aterrizara allí.

—¿Qué haces? —Kiri había cogido ya su fusil de francotirador, pero la construcción de Grey le bloqueaba el tiro—. ¡Ya lo tenía!

—¡Corre! —Grey lanzó su C4 y corrió a cubierto.

Esperó a que Hazel, Guang y Sandhya aterrizaran, y entonces detonó el C4. La explosión los vapuleó a todos y deshizo cualquier estructura a la que Hazel pudiese agarrarse. Cayeron, y Grey se dio cuenta de que estaban demasiado arriba como para sobrevivir. No pudo evitar reírse cuando todas sus mochilas acabaron desperdigadas por el lago.

—¡Tae Min planeando! —gritó Tristan mientras disparaba a una persona que estaba en el cielo.

Kiri se le unió, y Tae Min se sumó al grupo de Hazel en el lago.

¡Victoria Magistral!

—Ahora sí que es una Balsa Botín —dijo Grey.

Ben se empezó a reír.

—Muy bueno.

Cuando terminó la partida, Grey empezó a asumir la victoria. Lo habían conseguido. Habían derrotado a Hazel. Hasta habían conseguido una *Victoria Magistral*. Si aquello no era una señal de todas las cosas buenas que estaban por venir, ya no sabía entonces qué más podía ser.

CAPÍTULO DOCE

Cuando Grey volvió al almacén de batalla después de un largo día de luchas, no podía evitar sonreír. Qué guay era terminar el día con una victoria. Todavía fue mejor ver las clasificaciones mientras la Administradora soltaba su discurso habitual… Él y todos sus amigos habían desbancado a Hazel y a su escuadrón en los puestos de clasificación.

—Qué centelleante, colega —dijo Kiri cuando la Administradora ya se había ido.

—Supercentelleante —repitió Ben—. Si alguna vez salgo de aquí, te cojo prestada la palabra «centelleante» y me la llevo a Utah.

Kiri se rio.

—¡Estupendo!

—¡Se acabó! —Un grito hizo el silencio en medio de la sala—. ¡No lo aguanto más!

Grey esperaba que fuese Hazel, pero no, era Sandhya, su compañera de escuadrón. Estaba tan cabreada que podría haber estallado, como las C4. Jamar y Guang estaban a su lado de la misma manera.

—¡Vamos, venga ya! —dijo Hazel—. Solo ha sido una victoria. Siguen siendo malísimos.

—¡Tú sí que eres malísima! —dijo Sandhya—. Tan tóxica… Y, además, ¡te niegas a aceptar que puedas mejorar en algo! No queremos saber ya nada más de ti.

Los ojos de Hazel se abrieron de par en par.

—¿Perdona?

—Ya la has oído —dijo Jamar—. Estás fuera del escuadrón. Lo único que haces es parlotear como un loro, y estamos de ti hasta las narices.

Hazel no parecía estar disgustada en absoluto.

—¡Genial! ¡No os necesito a ninguno de todas formas! ¡Que disfrutéis perdiendo posiciones sin mí!

Cuando Hazel salió a zancadas del almacén, Grey sintió que se había producido un cambio en la sala. La gente ya no estaba de su lado. Él todavía pensaba que Hazel era una buena jugadora, pero le alivió pensar que a lo mejor el resto dejaba de tratarle a él y a su escuadrón como novatos.

Puede que todo el mundo pensara que la primera victoria de Grey había sido pura potra.

Pero ¿esta?

Grey sabía que se la merecían. Y sintió que aún podrían ganar más.

Después de que Hazel se fuera, Hans y su escuadrón se acercaron a Grey. Hans le extendió la mano y le dijo:

—¿Preparados para entrenar?

Grey cogió la mano del chico y la sacudió.

—Sí.

Cuando se iban hacia el campo de prácticas, Grey sentía todas las miradas puestas en él. Aunque seguía odiando llamar la atención, le gustó que su manera de jugar hablara por él. Por primera vez desde que había llegado, no se sintió un novato.

Se sintió aceptado.

¡DESCUBRE CÓMO EMPIEZA ESTA HISTORIA!